Franz Muncker

Johann Kaspar Lavater, eine Skizze seines Lebens und Wirkens

Franz Muncker

Johann Kaspar Lavater, eine Skizze seines Lebens und Wirkens

ISBN/EAN: 9783743309661

Hergestellt in Europa, USA, Kanada, Australien, Japan

Cover: Foto ©Raphael Reischuk / pixelio.de

Manufactured and distributed by brebook publishing software (www.brebook.com)

Franz Muncker

Johann Kaspar Lavater, eine Skizze seines Lebens und Wirkens

Johann Kaspar Lavater.

Eine Skizze seines Lebens und Wirkens

von

Franz Muncker.

Stuttgart.
Verlag der J. G. Cotta'schen Buchhandlung.
1883.

Vorwort.

Gleich nach Lavaters Tod erschienen mehrere Broschüren und Schriften über sein Leben und Wirken. Eine ausführliche, für ihre Zeit höchst schätzenswerte „Lebensbeschreibung" des Züricher Gottesmannes in drei Bänden lieferte sein Schwiegersohn Georg Geßner (Winterthur 1802--1803). Ihm boten sich zahlreiche persönliche Erinnerungen an den Verstorbenen dar. Ueber die Papiere des Nachlasses konnte er uneingeschränkt verfügen. So gelang es seinem redlichen Bemühen, das historische Material ziemlich vollständig zusammenzutragen. Aber um so mißlicher war es mit der Kritik in seinem Buche bestellt. Der Verfasser stand zu sehr im Bann von Lavaters Geist, als daß er ein eigenes Urteil über ihn und sein Wirken gewagt hätte. Die späteren Biographen des Zürichers, Ferdinand Herbst („Lavater nach seinem Leben, Lehren und Wirken", Ansbach 1832) und Friedrich Wilhelm Bodemann (unter demselben Titel, Gotha 1856, neu aufgelegt 1877), waren, was den sachlichen Gehalt ihrer Arbeiten betrifft, meist von Geßner abhängig. Auch sie gaben, wie dieser, zum Teil bloß eine Auslese aus Lavaters eignen Aussprüchen. Herbst behandelte fast nur den Theologen Lavater eingehender; Bodemann zeichnete überhaupt mehr das Bild des Menschen als das des Schriftstellers. Auch dem letzteren wurde erst J. C. Mörikofer in seiner „schweizerischen Literatur des achtzehnten Jahrhunderts" (Leipzig 1861) einigermaßen gerecht. Hier fanden sich die ersten Ansätze zu einer Monographie über Lavater, die den jetzigen Anforderungen der Wissenschaft entspräche. Aber auch hier nicht mehr als die Ansätze. Die Monographie selbst blieb ungeschrieben.

So möchte denn ein neuer Versuch, Lavater nach seinem Leben und Wirken darzustellen, wohl auch jetzt noch nicht als überflüssig abzuweisen sein. Freilich kann und soll dieser mein Versuch nie und nimmer den Anspruch erheben, daß er für die bisher mangelnde, wissenschaftlich ausreichende Monographie selbst gelte. Nur als eine kurze Skizze einer derartigen Arbeit glaube ich vielmehr die folgenden Blätter bezeichnen zu dürfen. Und es lag in den Umständen, unter denen diese Blätter geschrieben wurden, begründet, daß ich bloß eine solche Skizze von Lavaters Leben und Wirken zu zeichnen wagen konnte.

Meine Arbeit war ursprünglich zu einem Beitrag für die „allgemeine deutsche Biographie" bestimmt. Durch den allgemeinen Charakter dieses Sammelwerkes war auch die Form meines Aufsatzes zum großen Teil bedingt. Möglichste Kürze, bei der einzelnes lieber zu karg als zu freigebig behandelt werden sollte, war dringend geboten. Namentlich bei den kleineren oder weniger bedeutenden Schriften Lavaters mußte ich mich mit den knappsten Andeutungen begnügen. Gleichwohl wurde mein Artikel zu umfangreich, um in der „allgemeinen deutschen Biographie" Platz zu finden. Nicht minder ungeeignet erschien es, ihn, in mehrere Stücke zerteilt, nach und nach in einer Zeitschrift zu veröffentlichen. Da machte es mir das freundliche Entgegenkommen der J. G. Cotta'schen Buchhandlung möglich, meinen biographischen Versuch selbständig im Einzeldruck herauszugeben. An kleineren Aenderungen ließ ich es bei erneuter Durchsicht des Manuscriptes nicht fehlen; die Form des Ganzen hingegen blieb so, wie sie von Anfang an dem für die „allgemeine deutsche Biographie" verfaßten Aufsatze aufgeprägt worden war. Ein paar — überaus wenige — Angaben, die ich im Zusammenhang kaum entbehren konnte, mußte ich auf Treu und Glauben von Geßner oder Mörikofer entlehnen, weil mir die Einsicht in einige seltnere Werke Lavaters abgieng. Sonst denke ich keine Mühe gescheut zu haben, um überall unmittelbar aus den Quellen zu schöpfen. Den Nachweis der neuesten Schriften zur Physiognomik verdanke ich Herrn Professor Dr. Karl von Prantl in München; für die Mitteilung einzelner Daten aus den Züricher Standesamtsbüchern bin ich Herrn Dr. J. Bächtold in Zürich verpflichtet. Im ganzen darf ich vielleicht hoffen, mein Büchlein werde, wenn ich auch aus Rücksicht auf die gesammte Darstellung manches Ergebnis der Detailforschung nicht verwerten konnte, doch dem freundlichen Leser das eine oder andere bieten, was ihn für das Studium unserer Literaturgeschichte nicht ganz nutzlos dünkt.

Bayreuth, am 9. September 1883.

Franz Muncker.

Johann Kaspar Lavater, eine Zeit lang von den einen maßlos überschätzt, dann von den andern mit noch weniger Recht verhöhnt und verachtet, war kein großer Mann, aber von bedeutendem Einfluß auf seine Zeit und auf die größten seiner Zeitgenossen, bei manchen Fehlern und Schwächen ein guter Mensch, von wahrhaft philanthropischer Gesinnung erfüllt, von religiöser Kraft durchdrungen, trotz vielem Hang zur Schwärmerei eifrig im Dienste der Wahrheit. Einen vorzüglichen, aber eigenen Mann nennt ihn Goethe, einen seltenen und seltsamen Menschen, der, eigentlich ganz real gesinnt, nichts Ideelles kannte als unter der moralischen Form, der mit den zartesten sittlichen Anlagen ausgestattet, jedoch nicht zur Beschaulichkeit geboren war und zur Darstellung im eigentlichen Sinn keine Gabe hatte, vielmehr mit allen seinen Kräften sich zu ununterbrochener Tätigkeit und Wirksamkeit gedrängt fühlte.

Lavater wurde am 15. November 1741 zu Zürich geboren. Sein Vater Johann Heinrich Lavater (geboren im December 1697, gestorben am 4. Mai 1774), Doctor der Medicin und Mitglied der Züricher Regierung, zeichnete sich nicht durch Gelehrsamkeit und Scharfsinn, aber durch gewissenhaften Fleiß aus. Als Arzt war er nicht ungeschickt. Dabei konnte er für das Muster eines ordentlichen und regelmäßigen Bürgers und Familienvaters gelten. Die Mutter, eine geborene Regula Escher (7. Juli 1706 — 16. Januar 1773), kam an Redlichkeit und ernster Ausdauer des Strebens ihrem Manne gleich. Sie besaß dazu einen guten Verstand, eine reiche und bewegliche Einbildungskraft und einen erfinderischen, stets auf große Pläne gerichteten Geist. Von Pedanterie und Laune war sie nicht frei; aber trefflich waltete sie im Hause, dessen eigentliche Herrin bei aller treuen Hingabe an den Gatten doch sie war. Kaspar war ihr zwölftes Kind. Die rege Phantasie, die er (wie den Trieb zu unbegrenzter Mildtätigkeit) von der Mutter überkommen hatte, und der fromme Gottesglaube, der sich aus dem elterlichen Hause frühzeitig ihm mitteilte, boten schon dem Knaben Stütze und Labung in der Einsamkeit, in die er sich schüchtern vor dem Druck daheim und in der Schule und vor den Spielen der Altersgenossen verbarg. Denn blöde Scheu lähmte ihm die Zunge, wenn er sich unter Menschen befand; Witz und Verstand schienen dem „Unmündigen" völlig versagt. Aber auch von Lerneifer oder Fleiß zeigten seine flüchtigen Arbeiten keine Spur. Doch in der Bibel, namentlich in den historischen Büchern des alten Testamentes, konnte er sich nicht satt lesen.

So machte er in der deutschen Schule, in die er sehr früh kam, nur langsame Fortschritte. Etwas besser gieng es, nachdem der Sechsjährige in die lateinische Schule aufgenommen worden war, besonders seit ein Zufall (1751) ihn zu dem Gedanken, Pfarrer zu werden, angeregt hatte. Mehrere Ereignisse trafen zusammen, ein ernsteres Streben in ihm zu wecken. Ende Octobers 1752 kam Wieland als Bodmers Gast nach Zürich. Sagenhafte Gerüchte von den Kenntnissen des jungen Dichters entzündeten den Ehrgeiz Lavaters: planlos begann er Bücher aus den verschiedensten Wissenschaften zu lesen, öfter freilich bloß in ihnen zu blättern. Eine gefährliche Krankheit, von der er sich (1753) nur langsam erholte, mehr noch der Eindruck, den das Erdbeben von Lissabon (am 1. November 1755) und achtzehn Tage später der Tod eines seiner Brüder auf ihn machte, half seinen schwachen und leichtsinnigen Charakter festigen. Zu beharrlicherer Arbeit aber hatte er sich schon 1754 bei seinem Uebertritt aus der lateinischen Schule in das Collegium humanitatis aufgerafft. Hier wirkten Bodmer und Breitinger als Lehrer, und Lavater ward späterhin nie müde zu rühmen, wie viel er ihrem Unterricht und Umgange verdankte. Hier schloß er auch den Bund der Freundschaft mit mehreren Jugendgenossen, mit Heinrich Füeßli, der sich nachmals als Maler auszeichnete, und mit den Brüdern Felix, Jakob und Heinrich Heß. Im Verkehr mit diesen Jünglingen bildete sich gleichmäßig sein Geist wie sein Herz. Zugleich aber trieb ihn seine nie verminderte, vielmehr stets wachsende Neigung zu dem Beruf, den er erwählt hatte, zum emsigsten Studium vom frühen Morgen bis nach Mitternacht. Gegen Ende des Jahres 1759 konnte er in die theologische Klasse eintreten. Durch mehrere geistliche Lieder und religiöse Gedichte, die er hier verfertigte, schulte er sein poetisches Talent, das der Umgang mit Bodmer geweckt haben mochte. Als Student hielt er seit 1760 einige Uebungspredigten. Der angehende Kanzelredner bewies darin bereits staunenswerte Sicherheit und Gewandtheit in der Benützung der augenblicklichen Situation. Nachdem er den theologischen Cursus vollendet, wurde er im Frühling 1762 ordiniert oder, wie man in Zürich sagte, in's Ministerium aufgenommen.

Die Pflichten seines geistlichen Berufes erfüllten ganz seine Seele. Zu ihnen zählte er aber auch die Aufgabe, unschuldig Bedrängte zu schirmen. Schon der scheue Knabe hatte unzweifelhaftes Unrecht jederzeit furchtlos bekämpft; wie viel mehr der gereifte Jüngling! Im Verein mit seinem Freunde Füeßli trat er (im Herbst 1762) erst anonym, dann offen mit einer Anklage gegen Junker Felix Grebel, den Schwiegersohn des regierenden Bürgermeisters, auf. Derselbe hatte sich als Züricher Landvogt der Herrschaft Grüningen (1755–1761) zahlreiche Ungerechtigkeiten zu Schulden kommen lassen. Der schwärmerische Eifer der beiden Jünglinge für Tugend und Recht erwies sich nicht minder in der ungewöhnlichen und ungesetzlichen Form ihres Verfahrens wie in der an alttestamentliche Muster erinnernden Rhetorik ihrer Beschwerdeschrift. Doch bestanden sie siegreich mit ihrer Klage, und ihre Kühnheit machte ihren Namen über die Grenzen des Schweizer Vaterlandes hinaus berühmt. 1769 sammelte ein ungenannter Verehrer des „großen Lavater" die Actenstücke jenes Processes und gab sie zu Arnheim unter dem pomphaften Titel heraus „der von Johann Kaspar Lavater glücklich besiegte Landvogt Felix Grebel".

Allein trotz des Triumphes, den die Freunde erfochten hatten, mochte es doch geraten scheinen, daß sich die kühnen Vorkämpfer für das Recht auf einige Zeit von Zürich fern hielten. Bodmer und Breitinger schlugen eine Reise nach Barth in Schwedisch-Pommern vor. Dort wirkte damals als Präpositus Johann Joachim Spalding (1714—1804), der Verfasser der vielgelesenen „Betrachtung über die Bestimmung des Menschen". Lavater kannte ihn bereits aus seinen Schriften. Den strengen Bibelglauben, von dem er

selbst beseelt war, mußte er zwar an ihm vermissen; doch
schätzte er ihn längst als einen der aufgeklärtesten und
schönsten Geister und zugleich als einen würdigen Diener
des Evangeliums, der „Tugend und Wahrheit verehrte wie
Gott". Füeßli und Felix Heß fühlten sich gleich ihm zu
Spalding hingezogen. Mit ihnen trat er daher Anfangs
März 1763 die Reise nach dem Norden an. Professor
Johann Georg Sulzer, der eben von einem Besuch des
heimatlichen Winterthur nach Berlin zurückkehrte, machte
gern auch bei diesen Landsleuten den Führer durch das
nördliche Deutschland. Ueberall vermittelte er ihre Begeg-
nung mit hervorragenden Gelehrten und Dichtern. So
lernten sie in Leipzig Ernesti, Gellert, Christian Felix
Weiße, Zollikofer, Oeser kennen, in Magdeburg Gleim,
in Berlin Moses Mendelssohn, Ramler, den Hofpre-
diger Sack und andre. Voll hoher Erwartungen, die er
von Berlin aus in einer begeisterten Ode an Spalding
ausdrückte, kam Lavater im Mai mit seinen beiden Freunden in Barth an. Sein Hoffen ward überreich erfüllt. Noch
Jahrzehnte darnach dachte er mit „heimwehähnlichem Schmerz"
und „wehmütiger Entzückung" an jene „seligsten" Tage
seines Lebens zurück. Im vertrauten Verkehr mit dem älteren
Freunde und im einsamen Studium erfuhr und lernte er
hier gar manches, dessen Eindruck sich nie wieder verwischte.
Der innige Umgang mit einem Theologen, dessen Ansichten
über das Christentum so vielfach von den seinigen abwichen,
pflanzte in ihn jenen Sinn der religiösen Toleranz, den er
sich immer wahrte, wie sehr er sich auch bemühte, Anders-
gläubige zu seiner Anschauung herüberzuziehen. Die gründ-
liche Lectüre der wichtigsten Werke aus der gelehrten und
schönen Literatur nährte seine theologisch-philosophischen Kennt-
nisse und befruchtete seine poetische Anlage. Die Sorgfalt,
welche er in den Erholungsstunden auf das Zeichnen von
Portraits verwandte, war dem künftigen Begründer einer
wissenschaftlichen Physiognomik ungemein förderlich. Auch
die Anfänge seiner schriftstellerischen Tätigkeit fielen in jene
glücklichen Monate. Anonym ward er ein eifriger Mitar-
beiter der „ausführlichen und kritischen Nachrichten von den
besten und merkwürdigsten Schriften unserer Zeit nebst andern
zur Gelehrtheit gehörigen Sachen" (Lindau, Frankfurt und
Leipzig 1763). Mehrere Recensionen theologischer Bücher
und moralisch-religiöse Aufsätze lieferte er für diese Zeitschrift.

Als Karl Friedrich Bahrdt, der berüchtigte nachmalige Vorkämpfer eines seichten Rationalismus, damals noch in den Banden der Orthodoxie, den „Christen in der Einsamkeit" des fürstlich-carolathischen Hofpredigers Martin Crugot (1725—1790) 1763 angeblich verbessert herausgab, rügte Lavater zunächst in einem äußerst schneidigen, doch privaten Schreiben an Bahrdt die Schamlosigkeit, daß er das Werk eines noch lebenden Verfassers eigenmächtig umgeändert und dessen Grundsätze verfälscht und verketzert habe. Bahrdt erwiderte in dem zweiten Teile seines „verbesserten Christen in der Einsamkeit", indem er das Christentum des anonymen Briefstellers gehässig verdächtigte. Jetzt fühlte sich Lavater genötigt, in breiter Selbstverteidigung sein Urteil zu erhärten. Ja, um nachzuweisen, daß er sich keineswegs, wie Bahrdt ihm vorwarf, im vollen Einklang mit dem teilweise heterodoxen Crugot befinde, verschmähte er es nicht, vor dem unwürdigen Angreifer sein eigenes, streng kirchliches Glaubensbekenntnis abzulegen. Beide Briefe sandte er noch Ende 1763 zum Druck. Sie erschienen zu Breslau, zwar ohne Lavaters Namen; doch bekannte er sich alsbald brieflich und seit 1785, als er sie in den dritten und letzten Band seiner „sämmtlichen kleineren prosaischen Schriften" aufnahm, auch öffentlich zu ihnen.

Beim Anzug des Winters kehrte Füeßli nach Berlin zurück; am 24. Januar 1764 folgten ihm Lavater und Heß mit Spalding, der einen Ruf als Oberconsistorialrat und Probst nach Berlin erhalten hatte. Nach schwerem Abschied von dem väterlichen Freunde traten die drei Jünglinge am 1. März den Rückweg nach der Schweiz an. In Quedlinburg suchten sie Klopstock, in Halberstadt Gleim, in Braunschweig den Abt Jerusalem, Gärtner, Ebert und Zachariä, in Göttingen Michaelis und Kästner auf. Hier trennte sich Füeßli von ihnen, um nach London zu reisen. Lavater und Heß verweilten noch in Frankfurt am Main bei Karl Friedrich von Moser anderthalb Tage, eilten aber dann ohne Aufenthalt der Heimat zu; denn die — vergebliche — Furcht, er möchte seinen schwerkranken Vater nicht mehr am Leben treffen, beflügelte Lavaters Schritte. Am 26. März 1764 trafen sie in Zürich wieder ein.

Sittlich und geistig gereist kam Lavater zurück. Sein ernstes Streben gieng jetzt dahin, als Schriftsteller wie als

Prediger und Seelsorger im literarischen und bürgerlichen Leben sich eine feste und selbständige Stellung zu gewinnen. Auch die Begründung eines eignen Hauswesens sollte dazu beitragen. Allein um sich selbst die Lebensgefährtin zu wählen, dazu fehlte ihm jede Kenntnis des weiblichen Geschlechtes. Noch 1777 glaubte er sich diese absprechen zu müssen: „In meinen frühern Jahren war ich beinahe weiberscheu — und ich war nie — verliebt." Heinrich Heß führte ihm die Braut zu, Anna Schinz, geboren am 8. Juli 1742, gestorben am 24. September 1815. Sie war die Tochter eines angesehenen Züricher Kaufmannes, ein einfaches, bescheidenes Mädchen von gutem Verstand und redlichem Wollen. An Mildherzigkeit und stiller Frömmigkeit stand sie ihrem künftigen Gatten keineswegs nach. Und durch ihr sanftes, schmiegsames Wesen schien sie gleichsam bestimmt, seine nervöse Reizbarkeit zu beschwichtigen. Von Leidenschaft oder Schwärmerei zeigte sich wenig in ihrem gegenseitigen Verhältnis. Aber innige Zärtlichkeit und eine fast kindliche Herzlichkeit, stets von Dank gegen den göttlichen Geber solches Glückes begleitet, war der Charakter ihrer Liebe. Nach kurzem Brautstand wurde am 3. Juni 1766 zu Greifensee bei Zürich die Hochzeit gefeiert.

Lavaters Eltern gewannen die neue Tochter so lieb, daß das junge Paar acht Jahre lang mit ihnen zusammenwohnte. Stilles Glück waltete in dem Hause, so fern ihm auch jederzeit Pracht und Reichtum blieb. Hier erst entfaltete Lavater den ganzen Zauber seines liebenswürdigen Charakters. Mit acht Kindern, fünf Töchtern und drei Söhnen, beschenkte Anna ihren Gatten. Doch starben außer dem ältesten Sohne und zwei jüngeren Töchtern die übrigen alle gleich in den ersten Jahren.

Schon mehrte sich die Familie zusehends, als Lavater endlich am 7. April 1769 als Diaconus an der Waisenhauskirche seiner Vaterstadt angestellt wurde. Obgleich er nun zum regelmäßigen Predigen verpflichtet war, hatte er doch keine eigentliche Gemeinde zu versehen. Dagegen war er zugleich Leiter des Waisenhauses und Zuchthausgeistlicher. Hier kam es ihm zu statten, daß er bereits im April 1768 das Collegium theologico-casuisticum gestiftet hatte, einen Verband von Züricher Geistlichen, welche entschlossen waren, bei ihren Besuchen der Sträflinge und namentlich bei der Vorbereitung der Criminalverbrecher auf den Tod nach rationellen Grundsätzen und einem einheitlichen Plane zu verfahren. Der Verein, später asketische Gesellschaft genannt, erweiterte in der Folge sein Programm und dauerte so bis in das Jahr 1799.

Lavaters Beförderung zum Pfarrer an der Waisenhauskirche (1775) veränderte in seinem Wirkungskreise nichts Wesentliches. Hingegen erhielt er 1778 durch seine Wahl zum Diaconus der St. Peterskirche in Zürich eine größere, halb aus Landsleuten bestehende Gemeinde, die ihm innig zugetan war und für die er mit Wort und Tat sorgte. Von ihr vermochte ihn auch ein ehrenvoller Ruf zum dritten Prediger an der St. Asgariuskirche in Bremen (Mai 1786) nicht zu trennen. Noch zu Ende desselben Jahres wurde er darauf zum ersten Prediger und Pfarrer bei St. Peter befördert. Sein Eintritt in das Züricher Consistorium war damit verbunden. In dieser Stelle hielt er bis an seinen Tod aus. Nie bereute er es, daß er dem Ruf in die Fremde nicht gefolgt war.

Mächtig wirkte er namentlich durch seine Predigten, zu denen die Hörer schaarenweise herbeiströmten. Viele seiner Kanzelreden wurden mit oder ohne seinen Willen einzeln gedruckt, bis schließlich eine Reihe von Sammlungen derselben, größtenteils durch ihn selbst, veranstaltet wurden. So erschienen unter andern 1773 „vermischte Predigten", Breitinger und Spalding gewidmet. Es waren im ganzen zwanzig Vorträge meist über Stellen des neuen Testamentes, nicht eben immer die ausgearbeitetsten, nicht die interessantesten, sondern die, welche dem Verfasser die gemeinnützigsten zu sein schienen, so wie er sie wirklich gehalten hatte, ohne merkliche Veränderung. Die „Predigten über das Buch Jonas", welche noch in demselben Jahre in zwei Hälften herauskamen, zogen durch ihre ungekünstelte Popularität auch Leser an, die sonst nicht zugänglich für solche Lectüre waren. Mit höchstem Beifall besprach sie Goethe in den „Frankfurter gelehrten Anzeigen". 1774 folgten „Festpredigten nebst einigen Gelegenheitspredigten", wieder zwanzig Kanzelreden für die hauptsächlichen Feste des gesammten Kirchenjahres, gleichfalls 1774 (vier) „Gastpredigten", auf einer Reise im Rhein- und Mainlande gehalten, 1778—1781 „Predigten über die Existenz des Teufels und seine Wirkungen nebst Erklärung der Versuchungsgeschichte Jesu" in zwei Teilen, 1785—1786 „Predigten über den Brief des heiligen

Paulus an den Philemon", welche vielleicht die größte geistige Reife und Ruhe verrieten, wieder in zwei Teilen. Die beiden ersten Bände der Sammlung von Lavaters kleineren prosaischen Schriften vom Jahr 1763—1783 (Winterthur 1784) brachten eine Anzahl von Predigten, welche an den regelmäßigen Sonntagen oder bei besonders festlichen Gelegenheiten gesprochen und meist schon einzeln gedruckt worden waren. Noch unter Lavaters nachgelassenen Schriften ist ein ganzer Band, der vierte (Zürich 1802), mit Predigten und kurzen Kanzelbetrachtungen gefüllt.

Lavaters Predigten waren durchaus praktischer Natur. Er war ein rechter Gelegenheitsprediger. Er knüpfte seine Reden an die Verhältnisse des Ortes an, an dem er sprach, an die jüngsten politischen und socialen Ereignisse, welche eben die Aufmerksamkeit seiner Zuhörer gefesselt hatten; er lehrte, was er gerade für ein Bedürfnis der Zeit hielt. Aber wie verschieden gemäß den äußeren Umständen auch immer diese einzelnen Betrachtungen und Ermahnungen seiner Predigten sein mochten, im Grunde liefen sie stets auf dasselbe hinaus, auf den Mahnruf zum Glauben an Jesus Christus, „unser Alles und Einziges", unsern göttlichen Helfer und Erlöser. Das „emporbrausende christusleere Christentum" bekämpfte er eben so sehr, ja noch mehr als die „vernunftlose Schwärmerei". Man warf ihm, zwar nicht ganz mit Recht, vor, er predige nur immer das Evangelium, nicht die Moral. Denn nicht oft genug konnte er die ewigen Heilstaten des Gottessohnes preisen, nicht oft genug erklären, was Glaube sei, nicht oft genug aber auch zu den Früchten des Glaubens aufmuntern, zu zuversichtlichem Gebet und zu den Werken der Liebe, durch welche der Mensch sich zur Reinigkeit und Vollkommenheit, mit Einem Wort zur „Christusähnlichkeit" bilden soll. Mit erschütternder Gewalt wußte er den Zorn des Allgerechten darzustellen und die Sünder zur Buße zu rufen; lieber aber als den strafenden Gott der Rache schilderte er den barmherzigen und verzeihenden Vater der Liebe. Notwendig mußten bei dieser Gleichheit der Tendenz seine Predigten in vielen Beziehungen einander ähnlich sein. Doch machte er es sich zur Pflicht, jedesmal etwas zu sagen, wovon er gewiß wußte, daß er es noch niemals oder wenigstens noch niemals so gesagt hatte. Auf das rein dogmatische Gebiet begab er sich in seinen Predigten so gut wie nie. Auf theologische Streitfragen gieng er grundsätzlich nicht ein. Er suchte durchweg **populär zu sein, wenn** er gleich bisweilen Gegenstände behandelte, die **über den** Gedankenkreis des gemeinen Mannes **hinauslagen.** Aber dann vermied er jeden dunkeln oder **mißverständlichen** Ausdruck. Durchgehends befliß er sich „lieber einer deutlichen und deutlich gemachten Schriftsprache **als** aber der künstlichen **Sprache** der Schulen". Besonders **wenn** es sich um die sogenannten **Glaubensgeheimnisse** und Offenbarungen handelte, schloß er sich so genau wie möglich **an den Wortlaut der Bibel an.** Er hielt dies für das einzige Mittel, zwischen den beiden „fürchterlichen Abwegen" glücklich durchzukommen, **auf** welchen er einerseits die „zu schulsüchtigen, unerleuchteten, bloß nachsprechenden Gottesgelehrten", andrerseits die „zu philosophischen Prediger" wandeln sah, die jene Glaubenslehren **nur willkürlich und zufällig anzuwenden** schienen, ohne sie **zum** eigentlichen **Grunde zu legen.** Ueberhaupt stellte er sich **in** einen Gegensatz zu den rationalistischen Predigern. Er versäumte nie, seinen Stoff logisch **zu** gliedern; bedeutender aber **trat das** lyrische Element bei **ihm hervor.** Stets trachtete **er**, die religiöse Empfindung **anzuregen.** Seine persönliche Subjectivität prägt sich in **allen Predigten** stark aus. Alle **zeigen** aber auch **den** gewandten **Redner, der mit Aufgebot der** mannigfachsten rhetorischen **Mittel den mächtigsten Eindruck** auf Sinn und Gemüt seiner **Hörer zu machen strebt.** Dieser Absicht zu **Liebe** verzeiht er sich sogar nicht selten eine den Leser ermüdende **Breite des Vortrages. Mehr als** durch die Verse, die Lavater seinen **Predigten** dann und wann einzuflechten liebte, verrät **sich** sein **poetisches Talent durch** die bilderreiche Sinnlichkeit, mit der er jeden **Vorgang,** jede Situation und Stimmung auszumalen **verstand.** Ueber der Macht seines Wortes vergaß man, daß **er** auch **bei den Predigten, die** er auf Reisen im nördlichen Deutschland hielt, seine „rohe vaterländische Mundart" nicht abzulegen **vermochte.**

Ergreifend **und** zündend hatten schon **die** ersten von Lavaters Predigten gewirkt. Weitverbreiteten Ruhm als **Kanzelredner errang** er aber erst in den siebziger Jahren, nachdem der Name des religiösen Erbauungsschriftstellers und des Dichters bereits **längst** anerkannt und verehrt war.

Schon auf der Schule, dann wieder während seines Aufenthaltes zu Barth hatte **er** mehrere **geistliche Lieder**

verfaßt. Nach seiner Rückkehr in die Schweiz gieng er mit
erneutem Eifer an diese Tätigkeit, die ihm während zweier
Jahrzehnte eine der ernstesten und wichtigsten blieb. 1765
und 1768 veröffentlichte er in zwei Teilen „auserlesene
Psalmen Davids zum allgemeinen Gebrauch in Reime ge=
bracht", erweiternde Paraphrasen derjenigen Psalmen, welche
nach seiner Meinung am leichtesten und natürlichsten auf
verschiedene Gemütslagen des Christen angewandt werden
können. 1767 erschien sein „christliches Handbüchlein oder
auserlesene Stellen der heiligen Schrift mit Versen begleitet",
worin er „durchaus auf Tugend, Liebe, Selbstverleugnung
und tätiges Christentum" drang. Einer späteren, ver=
mehrten Auflage fügte er einen Anhang von Morgen= und
Abendgebeten auf alle Tage der Woche bei. In ähnlicher
Weise ließ er 1771 ein „christlich Handbüchlein für Kinder",
1772 ein „christliches Jahrbüchlein oder auserlesene Stellen
der heiligen Schrift auf alle Tage des Jahres mit kurzen
Anmerkungen und Versen begleitet" folgen. Einzelne geist=
liche Gedichte erschienen in Sonderdrucken; 1771 kam die erste
Sammlung derselben heraus „fünfzig christliche Lieder". Ein
„zweites Fünfzig" folgte zugleich mit einer verbesserten Auf=
lage des ersten 1776, ein zweites Hundert 1780. Daneben
gab Lavater noch mehrere ähnliche Sammlungen heraus,
„Lieder zum Gebrauche des Waisenhauses zu Zürich" (1772),
„christliche Lieder der vaterländischen Jugend, besonders auf
die Landschaft, gewidmet" (mit Choralmelodien zu vier
Stimmen 1775), „sechzig Lieder nach dem zürcher'schen Kate=
chismus der Petrinischen Jugend zugeeignet" (1780), „neue
Sammlung geistlicher Lieder und Reime" (1782), „Lieder
für Leidende" (1787) und andere. Die Zahl seiner christ=
lichen Lieder belief sich auf etwa siebenhundert. Eine Aus=
wahl von hundert und sieben Nummern wurde daraus 1792
zu Basel veranstaltet. Nicht wenige fanden Aufnahme in
die evangelischen Gesangbücher.

Lavater schloß sich an keinen der älteren Dichter von
geistlichen Liedern allein und unmittelbar an. Er selbst
sprach unumwunden seine Ueberzeugung aus, daß ein christ=
liches Lied, welches gemeinnützig sein solle, mehr voraussetze
als Klopstocks Schwung oder „Triumphton", als Gellerts
„Sanftheit, Deutlichkeit, Einfalt und moralische Empfindsam=
samkeit", als Cramers „Kühnheit und Fleiß". Er ver=
langte vom christlichen Liederdichter „Erleuchtung, eigene

Empfindung, Erfahrung, Schriftkenntnis, tiefe, richtige, feine Schriftkenntnis und himmlische Salbung, der durchaus souverainen Herrschaft über die Sprache nicht zu gedenken". Am meisten scheint noch Gellerts Vorbild auf Lavater gewirkt zu haben. Die Vorzüge, die er an jenem rühmte, schmückten auch seine geistliche Liederdichtung. Aber zugleich offenbarte sich in ihr der freiere Geist, der seit den siebziger Jahren unsere Poesie durchwebte. An die Stelle der Gellertischen Reflexion trat bei Lavater die unmittelbare Empfindung. Auch der Inhalt seiner geistlichen Lieder war zuvörderst das Evangelium und erst in zweiter Linie die Moral. Aber während in seinen Predigten und Erbauungsschriften Christus und der lebendige Glaube an ihn fast immer der Angelpunkt war, um den sich alles drehte, verherrlichten seine Lieder eben so sehr das Walten Gottvaters. Erst in den späteren Sammlungen mehrten sich die Gesänge, welche der ausschließlichen und begeisterten Verehrung des Mensch gewordenen Gottessohnes gewidmet waren. Sonst mahnte er zur Ergebenheit in den Willen Gottes, pries den Wechsel der Tages- und Jahreszeiten und besang die Wunder der Natur in einer Weise, die im allgemeinen wohl an Brockes erinnern konnte. Aber Lavater betrachtete bewundernd und anbetend die Werke der Natur an sich als Zeichen von der schöpferischen Macht eines liebevollen Gottes, während Brockes die einzelnen Kräfte und Werke der Natur bloß hinsichtlich ihres Nutzens für den Menschen in's Auge faßte. Auch Anklänge an Paul Gerhard und einige andere Dichter des siebzehnten Jahrhunderts fanden sich hie und da in Lavaters Liedern. Sie blieben aber vereinzelt und waren ziemlich allgemeiner und unbestimmter Natur. Von den Eigenschaften, die er selbst für eine unerläßliche Bedingung zur geistlichen Poesie hielt, fehlte ihm am meisten die „durchaus souveraine Herrschaft über die Sprache". Gerade die Leichtigkeit, mit der er seine Verse schrieb, verleitete ihn oft zu nachlässiger Behandlung der Diction wie des Rhythmus. Von prosaischen Bildern und Ausdrücken waren seine Lieder nicht sorgfältig genug gesäubert. Zum Teil war die Weitschweifigkeit, mit der er seine Gedanken ausmalte, daran schuld, zum Teil sein übrigens verdienstliches Streben, auch für den schwächsten und unausgebildetsten Verstand deutlich zu schreiben. Mehrere und mitunter die ältesten seiner Lieder hatte er ursprünglich für Kinder verfaßt. Dabei hatte er sich frühzeitig an eine einfache, naiv-volkstümliche Ausdrucksweise gewöhnt. So war er — im Gegensatze zu Klopstock — meist im Stande, sein persönliches subjectives Empfinden so allgemein zu fassen und auszusprechen, daß die ganze Gemeinde, für die er dichtete, ihm nachempfinden konnte. Auch an natürlicher Frische und Innigkeit fehlte es seinen Liedern keineswegs, wohl aber oft an kühnem poetischen Schwung. So glücklich er sich bemühte, die Vorzüge der älteren Kirchendichter des vorigen Jahrhunderts in seinen Versuchen zu vereinigen, so wenig übertraf oder erreichte er auch nur Einen von ihnen in dem, wodurch sich dessen geistliche Poesie speciell auszeichnete. Ueberdies verführte ihn das Bestreben, mit seiner Subjectivität alles zu umfassen, zu mancherlei Mißgriffen. So verfertigte er gleich einem niedrigen Gelegenheitspoeten bisweilen Lieder für Leute aus einem Stande oder in einer Situation, in die er selbst sich unmöglich vollkommen hineindenken oder hineinfühlen konnte (z. B. Gebetslied für eine kinderlose Frau, Lied für Webmütter u. s. w.).

Einige der ältesten und nicht die schlechtesten dieser geistlichen Lieder erschienen in der Monatsschrift „Der Erinnerer". Lavater, der sich auch hiedurch als Schüler Bodmers bekundete, hatte dieses Blatt seit 1765 nach dem Muster der moralischen Wochenschriften speciell für seine liebe Vaterstadt begründet. Außer dichterischen Versuchen teilte er darin mit unglaublicher Offenheit Selbstprüfungen, Selbstbekenntnisse, Abschnitte aus seinem Tagebuche mit; dazu kamen moralische Abhandlungen, scharfe Charakterzeichnungen nach dem Leben, Lesefrüchte und Auszüge aus fremden Autoren. Seiner religiösen Gesinnung allerdings konnte Lavater dabei nicht so, wie sein Herz ihn drängte, Ausdruck verleihen. Unter die Orthodoxen wollte er übrigens schon damals nicht gezählt werden. Den ersten Jahrgang verfaßte er nahezu allein. Am zweiten arbeiteten außer ihm noch der spätere Schweizer Staatsmann und Historiker Johann Heinrich Füeßli, ferner Johann Tobler, Jakob Heß und andere mit. Bei Beginn des dritten Jahrgangs zog Lavater sich von der Zeitschrift zurück. Kurz darnach gieng dieselbe zufolge Füeßlis verletzendem Spotte plötzlich ein.

Im „Erinnerer" gab Lavater auch die erste Kunde von seiner patriotischen Poesie. Im Frühjahr 1766 sprach Professor **Planta** aus Graubünden in der Versammlung der helvetischen Gesellschaft zu Schinznach das Verlangen aus, man möchte, um einen edlen patriotischen Sinn unter dem Volke zu erwecken, die schönsten Taten der Väter in einfachen, populären Liedern darstellen. Lavater gieng mit feurigem Eifer auf den Vorschlag ein, und schon Anfangs 1767 erschienen in Bern seine „Schweizerlieder. Von einem Mitgliede der helvetischen Gesellschaft zu Schinznach". Als das Muster, dem er nachstrebte, nannte er selbst in dem einleitenden Sinngedicht an den Leser „Tyrtäus Gleim". Ihm lernte Lavater allerdings zum Teil seinen „Reim", d. h. das Versmaß ab; allein gleich ihm „von Helden wie ein Held" zu singen, gelang ihm nur kümmerlich. Es fehlte ihm nicht an patriotischer Kampfesbegeisterung, obgleich ihm vor dem Lärm des Waffenklanges schauerte, noch weniger an vaterländisch tüchtiger Gesinnung, wie sie dem friedlichen Bürger ziemt. Auch viele Einzelzüge der „Grenadierlieder" ahmte er nach, um die besonderen Vorgänge, die er schilderte, sinnlich zu beleben. Allein man vermißt an seinen Gedichten die unmittelbare Anschaulichkeit, durch die sich Gleims Kriegslieder auszeichneten. Lavater besang Schlachten, die vor dreihundert und mehr Jahren geschlagen worden waren, nicht, wie Gleim, die Siege des gegenwärtigen Tages. So lebhaft auch die Erinnerung an jene alten Kämpfe im Schweizer Lande bewahrt wurde, so chronikartig Lavater auch seine epische Darstellung auszumalen versuchte, die Frische und originelle Kraft der preußischen „Grenadierlieder" konnte er auf seine vaterländischen Gesänge nicht übertragen. Fast mehr als das erste Buch, welches die „historischen Lieder" enthielt, scheinen die „patriotischen Lieder" des zweiten Buchs dem Dichter aus dem Herzen geflossen zu sein. Das didaktische Element waltet hier im Verein mit dem vaterländischen: es sind allgemeine Aufmunterungen zu patriotischer Tugend und Tüchtigkeit in Krieg und Frieden, nicht ohne poetische Kraft und Feuer der Begeisterung, selbst wo der Inhalt in den Vorschriften trockner Moral befangen bleibt. Diese Gedichte wurden in der Schweiz mit enthusiastischem Beifall aufgenommen und fanden wegen ihrer natürlichen Einfalt und reinen Gesinnung bald Eingang in die verschiednen Schichten des Volkes. Wiederholte, stets verbesserte und vermehrte Auflagen wurden veranstaltet. Noch zu Anfang unsers Jahrhunderts wurden einzelne von den Liedern an den Ufern des Vierwaldstätter Sees gesungen.

Weit über die Grenzen seines engeren Vaterlandes hinaus trug bald darauf den Namen des Dichters ein anderes, eigenartigeres Werk. Ernst und beharrlich sann Lavater von je den bedeutendsten Fragen des Christentums nach. Zunächst fern von der Absicht, die Ergebnisse, zu denen er etwa gelangen würde, durch den Druck zu veröffentlichen, teilte er die Zweifel, die sein Herz bekümmerten, den Freunden mit, um im brieflichen Verkehr mit ihnen Rat und Aufschluß zu finden. Auf solche Weise entstanden die vielgelesenen und oft aufgelegten und nachgedruckten „Aussichten in die Ewigkeit, in Briefen an Herrn Johann George Zimmermann, kgl. großbritannischen Leibarzt in Hannover". Drei Bände erschienen davon 1768 bis 1773; einen vierten Teil mit Zusätzen, Anmerkungen und Berichtigungen ließ der Verfasser 1778 als Antwort auf zahlreiche Recensionen und Privatbriefe über die ersten Bände folgen.

Auch zu diesem Werke gieng die ursprüngliche Anregung von der Poesie aus. Eine edle Dame bat den jungen Züricher Geistlichen 1765, er möchte ihr ein Lied von der Seligkeit der verklärten Christen aufsetzen. Die Arbeit wuchs dem Dichter unter den Händen über seine anfänglichen Intentionen hinaus. Seine Imagination riß ihn zu Gedanken und Wendungen fort, die für den einfältigen Liederton nicht mehr paßten. Aber auch die Form einer Ode im Stil von Cramers schwungreichen geistlichen Gedichten genügte ihm nicht: er erkannte die Unmöglichkeit, ein Ganzes in dieser Form hervorzubringen. Kundige Freunde, besonders der als Historiker, Dichter und Uebersetzer hervorragende Berner Vincenz Bernhard von Tscharner, rieten, die einheitliche Kunstform überhaupt aufzugeben. So entschloß sich denn Lavater, den stets mächtiger anschwellenden Stoff in einem umfangreichen Gedichte zu erschöpfen, dessen Versart je nach dem Charakter des Inhalts beständig wechseln sollte. Einige Partien wurden entworfen in höherem Ton, als er dem Poeten für gewöhnlich eigen war. Stellen daraus teilte er 1766 im „Erinnerer" mit und nahm sie 1785 unter dem Titel „Aussichten in die Zukunft, Fragmente eines Fragments" in die Sammlung seiner „vermischten gereimten Gedichte" auf. Aber das Schwanken in der

Wahl der Form und die Absicht, über mehrere der wichtigsten Punkte des Inhaltes erst die Meinung der Freunde zu vernehmen, ließ ihn nicht dazu kommen, daß er das Gedicht weiter ausführte. Der Gedanke daran beschäftigte ihn aber unablässig und wich namentlich seit dem März 1768, als ihm Felix Heß durch den Tod entrissen wurde, nicht mehr von seiner Seele. So sprach er sich denn über den Plan seiner Dichtung seit dem 1. Juni 1768 eingehend in Briefen an Zimmermann aus, welcher eben damals, nach Hannover berufen, aus der Nähe des Freundes geschieden war.

Form und Inhalt des geplanten Werkes forderten gleichermaßen zu umfassenden Erörterungen heraus. Jetzt zweifelte Lavater sogar, ob er sein Gedicht überhaupt in Versen und nicht vielmehr ganz oder teilweise nur in rhythmischer Prosa abfassen solle. Seine Vermutungen über das zukünftige Leben knüpfte er an die Aussprüche der heiligen Schrift an und baute sie auf durchaus christlichem Fundamente auf. Den Glauben an unsre eigene Unsterblichkeit begründete er erst durch den Glauben an die Person Christi. Die Uebung in diesem Glauben an die göttliche Offenbarung galt ihm als die vorzüglichste Vorbereitung auf das künftige Leben. Im Einklang mit den biblischen Nachrichten faßte er seine Erwartungen von dem Leben nach dem Tode dahin zusammen, „daß die innere Beschaffenheit unsers Geistes in dem zukünftigen ewigen Leben eine natürliche, unmittelbare Folge seiner Beschaffenheit in dem gegenwärtigen und alles das Positive, das bei der Seligkeit der guten und bei dem Elende der lasterhaften Seelen statt haben wird, allemal in einem Verhältnis mit unserm natürlichen moralischen Zustande sein werde". Die Wonne des Seligen werde also darin bestehen, daß er „so viel intellectuelle, physische und politische Kräfte hat als moralische, daß er so viel Gutes tun kann, als er will". Der Verdammte hingegen werde sein Wollen, das dem Wollen Gottes widerstrebt, sein Verlangen, Böses zu tun, sein Verlangen nach gleicher Macht und Herrlichkeit, wie die Auserwählten besitzen, zu seiner Qual in Ewigkeit nie erfüllt sehen.

Allein diese großen Grundzüge vermochte Lavater nicht rein durchzuführen. Gerade, weil er hier sein Thema sorgfältiger und weniger fragmentarisch behandelte, als er sonst pflegte, ward er öfter auf Abwege verlockt. Denn nun wollte er über das zukünftige Leben, über die Zeit und Reihenfolge der Auferstehung und des Weltgerichts, über die Beschäftigung, die Sprache und die übrigen sinnlichen wie geistigen Fähigkeiten der Seligen noch so manches Besondere sagen, und in diesem Bemühen verlor er sich nur zu oft völlig in die Abgründe der Mystik. Jeder Boden schwand ihm hier unter den Füßen. Dichter, wie Klopstock, die ihrer Phantasie einen unbegrenzten Spielraum eröffneten, wurden seine Gewährsmänner. Ja bis zu lächerlichen Absurditäten verleiteten ihn diese Ausschweifungen der Einbildungskraft. Er konnte im Ernst Fragen untersuchen und bejahen wie die, ob wir im künftigen Leben Geschmack und Geruch besitzen, oder ob auch die Embryonen und selbst die unzähligen Millionen Menschenkeime, die unbefruchtet geblieben, auferstehen werden. Um seine Vermutungen zu erklären und zu verteidigen, bediente er sich mit Vorliebe der Mathematik. Aber welche Wissenschaft er immer zu Hilfe rufen und wie exact er auch bei ihrer Benützung verfahren mochte, die Zwecke, zu denen er sie gebrauchte, waren, wenn nicht durchweg, doch meistens unwissenschaftlich. Freilich versäumte er selber nie hervorzuheben, daß er bloße Vermutungen und zwar für einen Freund niederschrieb. Aber doch bat er seine Leser, sie möchten ihm ihre Bedenken und Ratschläge gleichsam wie private Recensionen seines Werkes mitteilen. Der Bitte wurde fleißig Gehör gegeben. Lavater sah sich zuletzt gar genötigt, in verschiednen größeren Städten Freunde mit der Entgegennahme jener Einwürfe und Anfragen zu betrauen (darunter Klopstock in Hamburg). Zwar wurden zahlreiche Stimmen gegen den Autor und seine Ansichten laut; doch wurde das Buch außerordentlich rasch verbreitet. Selbst die Weitschweifigkeit, an der namentlich die beiden ersten Bände litten, schreckte die Leser nicht ab. Hingegen trug es nicht wenig zu dem Erfolge bei, daß der Name des weltmännisch gebildeten Zimmermann in einen so innigen Zusammenhang mit dem Werke gebracht war.

Besonders unter dem Einfluß einer französischen Schrift hatte Lavater sich seine Ansichten vom Leben nach dem Tode geformt. Es war Charles Bonnets „palingénésie philosophique ou idées sur l'état passé et sur l'état futur des êtres vivants" (Genf 1769). Lavater hielt das Buch doppelt wert, weil es ihm zugleich die beste philosophische Untersuchung der Beweise für das Christentum zu bieten schien.

Er entschloß sich daher, es in seine Muttersprache zu übertragen und mit Anmerkungen zu versehen (zwei Teile, Zürich 1769 1770). Von der Stärke der Bonnet'schen Argumente war er so innig überzeugt, daß er den zweiten Teil seiner Uebersetzung Moses Mendelssohn zueignete und in den verehrungsvollen Widmungsworten diesen bei dem Gott der Wahrheit beschwor, Bonnets Beweise öffentlich zu widerlegen oder zu tun, „was Sokrates getan hätte, wenn er diese Schrift gelesen und unwiderleglich gefunden hätte". Lavaters Tat entsprang aus einer wohlmeinenden, aber beschränkten Denkweise. Unfaßlich war ihm Mendelssohns philosophische Gleichgültigkeit gegen die Unterschiede der einzelnen Confessionen, die ihn zwar bei seiner von den Vätern ererbten Religion verharren, aber nimmermehr eine andere specielle Glaubensform annehmen ließ. Vor allem aber war Lavaters Vorgehen als übereilt zu tadeln. Denn er bedachte nicht, in welch mißliche Lage er den jüdischen Gelehrten brachte, dem es die socialen und literarischen Verhältnisse der Zeit nahezu unmöglich machten, die Grundsätze seiner nur geduldeten Secte gegenüber den Dogmen des herrschenden Christentums zu verteidigen. Mendelssohn begnügte sich auch, aus diesen Gründen Lavaters Ansinnen überhaupt abzuwehren. Peinlich war es ihm, daß man ihn offen vor aller Welt herausgefordert hatte. Doch stimmte die wohlwollende Absicht sein Urteil zur Milde. Als nun auch Lavater privatim und öffentlich seine Uebereilung zugestand und zwar nicht seine sittliche Berechtigung zu dem Schritte, den er getan, wohl aber die Form seines Verfahrens preisgab, schloß Moses in edelmütiger, persönlich liebenswürdiger Weise diesen öffentlichen Briefwechsel ab. Das Urteil der Zeitgenossen hatte er auf seiner Seite. Freunde und Feinde, ja Bonnet selbst, erklärten sich gegen Lavaters Vorgehen. Auch an plumpen und sogar unredlichen Angriffen auf diesen fehlte es nicht. Die jenaische gelehrte Zeitung brachte einen lateinischen Auszug des Reisejournals, welches Lavater vorgeblich über seine erste Bekanntschaft mit Mendelssohn (1763) angefertigt haben sollte. Als jener vollends im März 1771 die Festpredigt bei der Taufe zweier deutscher Juden in Zürich hielt, rief er Lichtenberg, seiner ganzen natürlichen Anlage nach Lavaters geistigen Antipoden, gegen sich auf den Schauplatz. Derselbe gab anonym seine erste, derbe Spottschrift, die den Züricher Diaconus aber wenig traf, zum Druck, „Timorus, das ist Verteidigung zweier Israeliten, die, durch die Kräftigkeit der Lavaterischen Beweisgründe und der göttingischen Mettwürste bewogen, den wahren Glauben angenommen haben" (Berlin 1773).

Beinahe noch mehr Aufsehen erregte eine andere theologische Schrift Lavaters. In den Jahren 1767 und 1768 hatte er durch vergleichendes Studium der einschlägigen Stellen des neuen Testamentes sich eine bestimmte Ansicht darüber gebildet, was die Schrift in Wirklichkeit von der Kraft des Glaubens und Gebetes und von den Gaben des heiligen Geistes lehre. Er hatte sich überzeugt, daß die augenscheinlichen Wunderkräfte, welche dort den Gläubigen verheißen werden und durch welche ihre Aehnlichkeit mit Christus offenbar werden soll, keineswegs auf gewisse Personen, Umstände oder Zeiten eingeschränkt seien. Vielmehr stimmten die biblischen Autoren darin überein, daß es möglich, ja daß es die Bestimmung des Menschen sei, „in einer eigentlichen und unmittelbaren Gemeinschaft mit der Gottheit zu stehen". Brieflich beriet sich Lavater mit Resewitz, Basedow und andern gelehrten Theologen, ob seine Exegese der entscheidenden Bibelstellen richtig sei. Er gieng noch weiter. Im Jahre 1769 legte er sein Bedenken in drei Fragen aus einander, ließ dieselben drucken und sandte sie an die ihm persönlich oder literarisch bekannten Theologen. Zahlreiche, oft umfassende Antworten liefen ein; kaum Eine befriedigte ihn ganz: die wenigsten Briefsteller hatten sich zu einer rein exegetischen Erörterung der Sache verstehen wollen. Lavater sah sich veranlaßt, seine Anfrage zu wiederholen. Noch das erste Bändchen seiner „vermischten Schriften" (Winterthur 1774) brachte einen neuen Aufruf an die „Mitforscher der Wahrheit" in Form einer ausführlichen Erklärung, „meine eigentliche Meinung von der Schriftlehre in Ansehung der Kraft des Glaubens, des Gebetes und der Gaben des heiligen Geistes".

Der Aufsatz rief mehrfache Gegenschriften hervor. Im Vergleich mit ihm blieben die übrigen Stücke der „vermischten Schriften" fast unbeachtet. Auch sie waren meist schon in früheren Jahren entstanden. Der erste Band der Sammlung enthielt noch den „Entwurf zu einer einfältigen Form, das heilige Abendmahl auf eine christliche und gesegnete Weise zu halten, vornehmlich für kleine Gemeinden", mehrere **poetische Versuche** epischer wie lyrischer Art, **namentlich aber das „Denkmal auf Felix Heß"** Mit liebevoller Sorgfalt schilderte Lavater das Leben und Wirken des früh geschiedenen Jugendgenossen. Aus den vielen Briefen des Verstorbenen, die **er** seiner Darstellung einreihte, trat dem Leser gewinnend der einfältige, fromme und redliche Charakter seines Freundes **entgegen.** Der zweite Band der „vermischten Schriften", erst 1781 durch das langjährige Drängen des Verlegers **dem Autor abgenötigt,** brachte Stücke und Auszüge **aus Briefen, Predigten und kleineren Aufsätzen Lavaters,** deren Auswahl und Anordnung auf seinen Wunsch ein Freund geschickt unternommen hatte.

Ein Jahr nach dem Tode Heß' hatte Lavaters Feder wieder das Lob eines kürzlich verstorbenen **Züricher Geistlichen** zu verzeichnen. Vielleicht im Auftrag seiner **Vorgesetzten** verfaßte er 1769 die kurze Lebensbeschreibung des Züricher Antistes und Pfarrers zum großen Münster **Johann Konrad Wirz (1688—1769).** Daran schloß sich 1771 seine „**historische Lobrede auf Johann Jakob Breitinger,** ehemaligen Vorsteher der Kirche zu Zürich". Schon 1764 hatte er in lateinischer Sprache verschiedene Orationen auf den berühmten Antistes des siebzehnten Jahrhunderts (1575—1645) gehalten. Um ihnen eine weitere Verbreitung zu sichern, arbeitete er sie 1770 in deutscher Sprache um, ohne aber den rhetorischen, der ruhigen geschichtlichen Erzählung fremden Ton des ursprünglichen Entwurfes zu ändern. Wo er den edlen, offenen, **pflichttreuen Charakter des alten Kirchen**mannes zu zeichnen hatte, ward seine Darstellung fremder Vorzüge nicht selten **unvermerkt zur Schilderung des eignen Wesens.**

Ein anderes, **unvergleichlich getreueres Selbstportrait Lavaters** erschien in denselben Tagen, zunächst ohne sein **Wissen und Wollen.** Er hatte im Jahr 1770 verschiedene **Stücke aus seinem Tagebuch** von 1768 zusammengestellt und in allen Details so ausgearbeitet, daß er glauben konnte, durch vertraute Mitteilung derselben an Freunde Nutzen zu stiften. Einer dieser Freunde veränderte nun die äußeren Daten des Textes so weit, als er es für nötig hielt, um den Verfasser unkenntlich zu machen, und sandte das so umgewandelte Manuscript an den Schweizer Theologen **Zollikofer** in Leipzig, der dasselbe ohne viel Bedenken zum Druck beförderte. So erschien Anfangs 1771 anonym der erste Teil des „**ge-**

heimen Tagebuchs, von einem Beobachter seiner selbst". Trotz aller Verkleidungen des Tatsächlichen blieb Lavaters Autorschaft nicht lange ein Geheimnis. Er bekannte sich daher bald zu der Schrift und ließ 1773 einen zweiten Teil nebst einem Schreiben an den Herausgeber folgen, diesmal echte, unverstellte Fragmente seines Tagebuchs vom November 1772 bis in den Juni 1773. An Lesern mangelte es dem Werke nicht; schon 1772 mußte eines Nachdrucks halber eine zweite Auflage des ersten Teils veranstaltet werden. Auch Nachahmer stellten sich bald ein. Es wurde eine Zeit lang wieder Mode, moralische Tagebücher zu halten. Aber so groß das Aufsehen war, welches das Buch machte, so verschiedenartig fielen die Urteile des Publicums darüber aus. Man warf dem Autor übertriebene Strenge und Aengstlichkeit, ja Schwärmerei vor. Man vergaß, daß Lavater nur Beobachtungen seiner selbst, nicht Vorschriften für andre dargeboten hatte. Allerdings hatte der Verfasser hier viele kleine und kleinliche Züge seines Charakters und seines Lebens zwar mit schlichten Worten, doch umständlich in ermüdender Breite verzeichnet. Aber durch das Ganze wehte erfrischend der Geist ungeheuchelter Wahrheit. Lavaters Vorsatz war fest dahin bestimmt, alles, was er erlebte, dachte und empfand, so genau niederzuschreiben, als wenn er Gott selbst sein Tagebuch vorlesen müßte, so genau, daß er einst auf seinem Sterbelager nach diesen Urkunden eine Rechnung über sein Leben machen könnte, die der Rechnung des ewigen Richters gleich wäre. Das verlieh dem Buche seinen auszeichnenden Wert. Es war eine offene, ungeschminkte Selbstkritik zu einer Zeit, in der man es liebte, sich und seine Freunde idealisiert im Schmuck poetischer Gewänder dem Publicum vorzuführen. Es war ein Zeugnis unablässiger Selbstprüfung und Selbstanklage vor Gott in einer Periode, wo der Mann von aufgeklärter Bildung religiös-christliches Empfinden und Denken von seinem Lebensgang so fern als möglich zu halten trachtete.

Noch einseitiger und schärfer trat der letztere Zug in einer kleinen Broschüre hervor, „Nachdenken über mich selbst" betitelt, welche Lavater 1770 entwarf und im folgenden Jahre drucken ließ, um durch das unumwundene Bekenntnis der eignen Sündhaftigkeit und Schwäche ähnliche Gefühle in andern christlichen Gemütern zu erwecken.

Die ängstliche Sorgfalt, mit welcher Lavater an seiner eignen Person den geheimsten Regungen des menschlichen Geistes und Herzens nachforschte, übertrug er zur gleichen Zeit auf sein Studium des menschlichen Körpers. Immer hatte er einen Hang zum Zeichnen, namentlich von Portraits, in sich wahrgenommen und gepflegt. An natürlichem Geschick fehlte es ihm dabei nicht, wohl aber an Geduld und Ausdauer. Allmählich während dieser Beschäftigung stieg ihm der Gedanke auf an einen tieferen Zusammenhang zwischen den äußeren Formen und dem inneren Wesen des Charakters. Zimmermann, dem er davon Nachricht gab, bestärkte ihn in diesen Ideen; äußere Erfahrungen schienen sie zu bestätigen. So ließ sich Lavater immer tiefer in die physiognomische Wissenschaft ein. Eine Abhandlung darüber, die er in der naturforschenden Gesellschaft in Zürich vorlas, gelangte ohne sein Wissen in die Hände Zimmermanns. Dieser brachte sie sogleich im „hannover'schen Magazin" vom Februar 1772 zum Abdruck und ließ sie unmittelbar darauf selbständig zu Leipzig erscheinen („von der Physiognomik").

Die gesammten Anschauungen Lavaters von der Physiognomik, die er später in umfangreichen Bänden darlegte und illustrierte, waren im Keim bereits in jenem dünnen Büchlein enthalten. Auf Erkenntnis der Natur als eines vollkommenen Gefäßes und Abbildes des göttlichen Geistes war überhaupt das Streben der Zeit gerichtet. Im Einklang damit gieng Lavater von dem philosophischen Grundsatz aus, „daß jedes Ding in der Welt eine äußere und innere Seite habe, welche in einer genauen Beziehung gegen einander stehen". Indem er diesen allgemeinen Satz auf den Menschen speciell anwandte, ergab sich ihm der Schluß, daß die Physiognomie des Menschen, das ist „sein ganzes Aeußerliches, in so fern es an seinem Körper haftet", nicht willkürlich oder bloß zufällig, sondern daß alles Große und Kleine an dem menschlichen Körper bedeutend sei, daß man also wirklich den Charakter des Menschen im weitläufigsten Verstande aus seinem Aeußerlichen erkennen könne. Entschieden protestierte er gegen die „abgeschmackte, sein sollende Kunst", kraft deren Toren oder Betrüger vorgeben, die speciellen und individuellen Schicksale des Menschen aus einzelnen Körperteilen voraussagen zu können. Aber eben so sicher war er von der Untrüglichkeit und dem Nutzen der echten, wissenschaftlichen Physiognomik überzeugt. Die allgemeinen Grundregeln der letzteren glaubte er durch fortgesetztes Beobachten und Vergleichen von lebenden Menschen wie von Gemälden zu finden. Das Ideal eines Physiognomisten aber, dem die Geheimnisse dieser Wissenschaft sich völlig enträtseln, wuchs ihm mit dem Ideal des Menschen überhaupt zusammen. Nur wer mit einem wohl organisierten Körper, einem feinen Beobachtungsgeist, einer lebhaften Phantasie, mit technischen Fertigkeiten in der bildenden Kunst und gründlichen Kenntnissen der Natur und des Lebens ein sanftes, heiteres, unschuldiges, von menschenfeindlichen Leidenschaften freies Herz verbindet, schien ihm dazu fähig und würdig. Denn er erwartete von dem richtigen Gebrauch der neuen, aus der Physiognomik strömenden Erkenntnis vornehmlich sittlichen, ja selbst religiösen Vorteil für die Menschheit.

Jenem ersten Vortrag vor der naturforschenden Gesellschaft in Zürich ließ Lavater nach wenigen Monaten einen zweiten folgen. Diesen beförderte er nun selbst im Juli 1772 zum Druck, angeblich um sich die Sache vom Hals zu schaffen. Den besonderen Titel dieses zweiten Stücks, „Einleitung zum Plan der Physiognomik", erklärte er in den Eingangsworten dahin, daß er nur „ein Skelett zu einem Entwurf einer Physiognomik" liefere, ein rasch hingezeichnetes, selbst als Entwurf nicht reif ausgearbeitetes Schema von den wichtigsten Capiteln und Abschnitten der neuen Wissenschaft, durchaus unfertig, zum Teil mangelhaft und voller Lücken und Unebenheiten in der Anlage. Dennoch bewies der Aufsatz zugleich, daß Lavater bei seinen physiognomischen Studien nichts außer Acht ließ, was am Menschen ist oder in irgendwelcher Beziehung zu ihm steht (wie die Verhältnisse der Religion, des Standes, der Nationalität u. s. w.), nichts, was er im wachenden oder schlafenden Zustande tut. Auch hier vereinigten sich seine religiösen und seine naturphilosophischen Bestrebungen: als das Ideal der Physiognomik erschien ihm ein Gemälde „des vollkommensten Menschen oder Jesu Christi".

Lavater hatte sich getäuscht, wenn er glaubte, mit diesem flüchtigen Entwurfe vor weiteren physiognomischen Forschungen gesichert zu sein. Sein Interesse blieb vielmehr dauernd denselben zugewandt und wurde durch äußere Vorgänge seines Lebens noch mächtiger zu ihnen hingezogen. Um von einem Gefahr drohenden Brusthusten Heilung zu

finden, unternahm er auf Zimmermanns Rat im Juni
1774 eine Reise nach dem Bad Ems. Seine Fahrt glich
einem Triumphzuge. An den fürstlichen Höfen, namentlich
in Karlsruhe, wurde er mit Achtung und Auszeichnung auf=
genommen, von den christlich Frommen im Volke mit Ent=
zücken begrüßt, von allen Redlichen mit herzlicher Verehrung
empfangen. So gelangte er lehrend, predigend und im
Verkehr mit neuen Menschen lernend den Oberrhein abwärts
an das Ziel seiner Wanderung. Wie einst auf seiner ersten
Reise nach dem Norden, so suchte er auch jetzt überall die
persönliche Bekanntschaft bedeutender Männer. Mit Iselin
verlebte er in Basel, mit Pfeffel in Colmar, mit Lenz in
Straßburg glückliche Stunden. Goethe, mit dem er schon
einige Briefe gewechselt hatte, kam ihm in Frankfurt auf
das herzlichste entgegen. Dem „unaussprechlich süßen" Auf=
tritt der ersten Umarmung folgten noch schönere Tage. Den
höchsten Angelegenheiten des menschlichen Lebens galten ihre
Gespräche. Die verschiedene Natur der Geister verhinderte
in vielen bedeutsamen Fragen eine Einigung der Ansichten;
doch duldete jeder in herzlicher Liebe den andern und freute
sich bewundernd des einzigartigen Menschen, dessen stän=
digen Verkehr und Unterricht er jetzt genoß. Lavater ver=
ehrte in Goethe „ein Genie ohne seines Gleichen, das in
allem excelliert, was es anfängt". Goethe aber (der seinem
Schweizer Gaste Freunde und Freundinnen zuführte, gleich=
viel ob sie geistlich oder weltlich gesinnt waren, Merck so
gut wie Fräulein von Klettenberg) ward von Lavaters
Wesen und Charakter so angezogen, daß er sich erst in Ems
von ihm trennte. Aber schon nach wenigen Wochen eilte
er mit Basedow zu ihm zurück, um im Verein mit beiden
eine Rheinreise zu unternehmen, die sie bis nach Düsseldorf
in die Arme Jung=Stillings führte. Von da ward der
Rückweg angetreten. Wieder drängten sich Teilnehmende
und Neugierige aller Orten Lavater entgegen. Karl Fried=
rich Freiherr von Moser und Merck verschönten ihm
den Aufenthalt zu Darmstadt. Mit Ehren überhäuften ihn
namentlich die Bewohner der schwäbischen Städte. In der
Mitte des August kehrte er in den Schoß seiner Familie
zurück.

Mannigfachen Gewinn trug Lavater von dieser Reise
davon. Am ersichtlichsten war der unmittelbare Vorteil,
den er für seine physiognomischen Studien aus dem Besuch

zahlreicher Gemäldegallerien und aus der Bekanntschaft mit so vielen ihm neuen und meist bedeutenden Menschen zog. Mit frischen Kräften wurde die Arbeit nach der Rückkehr wieder aufgegriffen. Seit etwa einem Jahre hatte er begonnen, noch systematischer und eifriger als zuvor seine physiognomischen Beobachtungen und Erfahrungen zu sammeln. Einzelne Freunde unterstützten ihn; Versuche von Zeichnungen aller Art wurden für ihn nah und fern von hervorragenden und mittelmäßigen Künstlern gemacht. Nun gieng es rasch an den Druck des großartig angelegten Werkes, und im Frühling 1775 erschien, dem Markgrafen Karl Friedrich zu Baden gewidmet, der „erste Versuch" der „physiognomischen Fragmente zur Beförderung der Menschenkenntnis und Menschenliebe", ein ansehnlicher Quartband, prachtvoll ausgestattet, mit vielen, zum Teil vortrefflichen Kupfern geziert. Künstler wie Chodowiecki und Lips lieferten Zeichnungen dazu. Zwei Buchhändlerfirmen zu Leipzig und Winterthur, dort Weidmanns Erben und Reich, hier Heinrich Steiner und Compagnie, vereinigten sich zu dem überaus kostspieligen Unternehmen. Die Freunde in Deutschland, allen andern voran Zimmermann, sammelten Subscribenten. Rasch, seinen Anhängern mitunter zu rasch, setzte Lavater die Publication, nachdem sie einmal begonnen war, fort. Schon im Februar 1776 erschien ein „zweiter Versuch", an Umfang und Inhalt dem ersten nicht nachstehend, der jungen Herzogin von Weimar, Luise Prinzessin von Hessen-Darmstadt, zugeeignet. Zwei weitere Bände, die in den beiden folgenden Jahren herauskamen, schlossen das Werk ab. Zwar bot die Fülle seiner Einzelbeobachtungen dem Verfasser noch hinlänglich Stoff für mehrere Bände. Doch hatte ihn endlich Zimmermanns energische Einsprache vermocht, von denselben nur diejenigen herauszugreifen, aus denen sich bestimmte allgemeinere Resultate zu ergeben schienen.

Ueber das, was in den beiden vorbereitenden Abhandlungen über Physiognomik gesagt war, gieng namentlich der erste Band des großen Werkes im wesentlichen nicht hinaus. Lavater wies die dort verkündigten Theorien hier nur an zahlreichen praktischen Beispielen nach. Hier wie dort kam es ihm hauptsächlich darauf an, zu zeigen, „daß es eine Physiognomie gibt, daß die Physiognomie Wahrheit, das ist daß sie wahrer, sichtbarer Ausdruck innerer, an sich selbst unsichtbarer Eigenschaften ist". Und ferner wollte er dartun, daß die Physiognomik wissenschaftlich betrieben werden kann „so gut als alle unmathematischen Wissenschaften". Um dies zu beweisen, verfuhr er ebenso wie in dem kleineren Aufsatze. Aeußerst vorsichtig gieng er dabei zu Werke. Keine der Möglichkeiten, wodurch Ausnahmen scheinbar entstehen, vergaß er; alle suchte er zu erklären. Und so waren schließlich die beiden vornehmsten Sätze, zu denen er gelangte, so maßvoll eingeschränkt, wie er sie aufstellte, schwer anzutasten: die Schönheit und Häßlichkeit des Angesichts hat ein richtiges und genaues Verhältnis zur Schönheit und Häßlichkeit der moralischen Beschaffenheit des Menschen; und: es besteht Harmonie zwischen den geerbten Zügen und Bildungen des Gesichts und den geerbten moralischen Dispositionen.

Lavater unterschätzte keineswegs die besonderen Schwierigkeiten der physiognomischen Erkenntnis. Oft deuten wenige, unscheinbare Merkmale, die überdies nur von augenblicklicher Dauer sind, die man nur fühlen, aber nicht sehen, nur empfinden, aber nicht ausdrücken kann, wichtige Unterschiede des Geistes und Charakters an. „Das Wesen jedes organischen Körpers ist an sich selbst unsichtbare Kraft, das ist Geist .... Und den Geist siehet die Welt nicht und kennet ihn nicht." Darum war er auch des Tadels und Spottes ruhig gewärtig und gegen beide gleichermaßen gewappnet. Der Einwurf, es zieme ihm, dem Theologen, das physiognomische Studium schlecht, wurde von Anfang an hinfällig durch die wahrhaft humane, ja religiöse Endabsicht, die er mit diesem Studium verband. Auch hier, wie in dem früher ausgegebenen Büchlein, bezeichnete er es als den Zweck seiner Arbeit, daß der Leser daraus lerne, sich und seinen Nebenmenschen und den Schöpfer von beiden besser zu kennen, sich inniger seines Daseins zu freuen und mehr Achtung für die menschliche Natur, mehr heilsames Mitleiden mit ihrem Verfalle, mehr Liebe zu einzelnen Menschen, mehr ehrfurchtsvolle Freude an dem Urheber und Urbilde aller Vollkommenheit in sich zu erwecken. Durch Titel und Motto („Gott schuf den Menschen sich zum Bilde") deutete er diese Tendenz seines Werkes an. In diesem Sinn eröffnete er sein Buch mit einem größeren Stücke aus Herders „ältester Urkunde des Menschengeschlechts". So erblickte er als echter Philanthrop seine Aufgabe darin, mehr die Vollkommenheiten und Schönheiten als die Häßlichkeiten und Fehler der menschlichen Natur aufzusuchen. Die wissenschaftliche Bedeutung und Geltung der Physiognomik sicherte und hob er, indem er, wie einst in dem vorbereitenden Schema, den Begriff derselben im universellsten Sinn faßte. Gegen den Mißbrauch derselben im Dienst einer weissagenden Stirndeutung oder Chiromantie eiferte er nach wie vor. Unendlich bescheiden urteilte er von seinen eignen physiognomischen Fähigkeiten. Aber gerade in der Schwäche derselben sah er einen Beweis für die Evidenz und allgemeine Leichtigkeit seiner Lehre. Ueberdies stützte er noch diese zuversichtliche Ueberzeugung durch Aussprüche der größten Autoritäten alter und neuer Zeit.

Goethe nahm den innigsten Anteil an dem Werke. Durch seine Hand gieng das ganze Manuscript, bevor es in die Druckerei wanderte. Er hatte das Recht zu tilgen, zu ändern und einzuschalten, was ihm beliebte, und machte davon namentlich bei der ersten Hälfte der Fragmente einen mäßigen Gebrauch. Mehrere Stücke des „ersten Versuchs", die vornehmlich den Beifall der Leser fanden, rührten fast ganz von ihm her; sein „Lied eines physiognomischen Zeichners" bildete den Beschluß des ersten Bandes.

In den drei späteren „Versuchen" führte Lavater weiter aus, was er im ersten gesagt hatte, antwortete auf kritische Einwände, die man ihm gemacht hatte, und bestätigte seine Lehre durch eine Fülle neuer Beispiele. Allmählich kehrte er auch die unmittelbar praktische Seite des Unternehmens mehr hervor. Fingerzeige und Winke wurden jetzt für den bildenden Künstler, für den Portraitmaler eingestreut. Bisweilen — und gegen den Schluß immer häufiger — fanden sich sogar Ansätze zu bestimmten physiognomischen Regeln. Weiter und weiter dehnte er seine Untersuchung aus. Auch Tierschädel aller Art betrachtete er nun, um auf inductivem Wege den Satz zu erweisen, daß die ganze Natur „lauter Wahrheit, Offenbarung" ist. Im vierten Bande musterte er kritisch in kurzer Uebersicht die früheren Schriften zur Physiognomik, die ihm bekannt waren. Man konnte daraus klar erkennen, wie sehr Lavater in allen wesentlichen Fragen dieser Wissenschaft der Anfänger und Begründer war. Dennoch war er sich der Unvollständigkeit seiner Arbeit wohl bewußt. Ausdrücklich erinnerte er in den Schlußworten des letzten Bandes daran, daß er nur Fragmente versprochen und nicht mehr als solche geliefert hatte. Zu einem systematisch abgeschlossenen Lehrgebäude ließen ihn die täglich neu hinzutretenden Beobachtungen nicht kommen; denn „keine andere Zeit meines Lebens war zu diesem Unternehmen bequem als gerade diese". Auch die Mitarbeiterschaft so mancher Zeichner und Kupferstecher gestattete nicht, einen methodischen Plan streng durchzuführen. Andere Schranken hatte der Verfasser, der überall nur von der Empirie ausgieng und der nötigen wissenschaftlichen Vorkenntnisse fast ganz ermangelte, sich selbst setzen müssen. „Das Innere der Physiognomik habe ich mich mit keinem Worte zu berühren vermessen wollen. Ich habe eine Menge Fragen, deren Beantwortung man hier suchen wird, unbeantwortet und beinah' unberührt gelassen... Ich schrieb bloß als Beobachter, Erfahrer, Empfinder. Was ich nicht wußte, erfuhr, ahndete, war nicht in meinem Kreise. Und was die Urgründe der Physiognomik betrifft — ich bescheide mich gern, nichts davon zu wissen. Beinahe überall bin ich der speculativen Metaphysik abgestorben. Reduction des Unbekannten auf's Bekannte, Aufsuchung dessen, was wirkt, in der Wirkung, ohne die innere Natur des Wirkers und der Wirkung erforschen zu wollen — siehe da meine Philosophie, die 's immer mehr bleiben wird, je mehr mir Gott die Erhabenheit und die Beschränktheit der menschlichen Natur offenbaren wird." So betrachtete Lavater selbst diese „Fragmente" nur als den Anfang eines Werkes, dessen Ende unmöglich sei. Einen Plan einer vollständigen Physiognomik hoffte er „mit Gottes Willen und Hilfe auch noch einmal zu entwerfen". Mehrfach wies er auf eine andere Arbeit hin, die nur einen Teil des unermeßlichen Gebietes eingehender untersuchen sollte, die „physiognomischen Linien". Das Brauchbarste von dem überreichen Material, das ihm von allen Seiten für die „Fragmente" zugeschickt, darin aber nicht benützt worden war, sollte dort Verwendung finden.

Der ehemalige Schüler Bodmers und Breitingers, der in den Schweizer Kunstanschauungen aufgewachsen war, verleugnete sich auch in dieser Seite von Lavaters Tätigkeit nicht. Als solchen erwies ihn unter anderem die moralisch-religiöse Tendenz seines physiognomischen Studiums, die Begeisterung, mit der er Klopstock pries und aus ihm citierte, die Achtung, mit der er von Bodmer, Breitinger, Haller, Geßner sprach, die Vorliebe, mit der er sich auf Sulzer berief. Daneben aber zeigten die „Fragmente" nicht minder den Freund Zimmermanns, den Verehrer Mendelssohns,

der mit offnem Geiste der Entwicklung der deutschen Popular=
philosophie gefolgt war, den Bewunderer der Antike und der
italienischen Renaissance, der an Winckelmanns Schriften
sein kunstgeschichtliches Wissen und seinen künstlerischen Sinn
gebildet hatte. Vor allem jedoch den Autor der Sturm= und
Drangperiode, der mit den Führern der literarischen Revolu=
tion in Deutschland durch das Band inniger Freundschaft
verknüpft war. Den letzteren verrieten die vorzüglichsten
Grundideen seiner gesammten Physiognomik, die kühnen, fast
abenteuerlichen Hoffnungen, welche er von der Zukunft dieser
Wissenschaft hegte, namentlich seine große Anschauung von
der organischen Ganzheit und der unnachahmlichen Herrlich=
keit der Natur, die von keiner Kunst erreicht werden kann,
und seine damit zusammenhängende Auffassung des Dichters
und des Künstlers überhaupt als des Vermittlers zwischen
dem in Manier und Convenienz befangenen Menschen und
der ewigen Wahrheit der Natur — die Charakteristik wies
unverkennbar auf Goethe. Den Mann der Sturm= und
Drangperiode verriet desgleichen die stilistische Form der
Darstellung. Der fragmentarische, systematischer Bildung
abholde Charakter des gesammten Werkes, durchaus im Ge=
schmack der Stürmer, war auch der Behandlung des Ein=
zelnen, sogar dem sprachlichen Ausdruck aufgeprägt. Lavater
ergieng sich viel lieber in einem enthusiastischen und empfind=
samen Betrachten, als daß er an ein logisches Zergliedern
dachte — und dies war hauptsächlich der Grund, warum
die Wissenschaft der Zukunft aus seiner großen Arbeit einen
verhältnismäßig nur geringen Gewinn zog. Er wählte die
unmittelbarste und ungekünsteltste Redeweise, die in ihrer
volkstümlichen Einfalt am anschaulichsten und eindringlich=
sten den Gedanken aussprach. Seine Prosa war mit poeti=
schen Elementen reich durchtränkt, ja zuweilen von Gedichten
unterbrochen. Dann und wann kleideten dieselben zwar nur
physiognomische Lehren in metrische Form; gewöhnlich aber
schwangen sie sich zum begeisterten Flug der religiösen Ode auf.

Von den Zeitgenossen wurden die „Fragmente" ver=
schieden aufgenommen. Lavater selbst verwahrte sich aus=
drücklich gegen allgemeine, apodiktische Urteile, die sich nur
auf Einen, wenn auch noch so bedeutsamen Teil des Kopfes
gründeten, und drang überall auf vergleichende Untersuchung
des ganzen Körpers. Nicht so seine blinden Anhänger.
Ihnen genügte Ein Zug des Gesichts. Ihnen mangelte frei=

lich auch die immense Erfahrung Lavaters, der Jahre lang an Lebenden und Toten, an Wachen und Schlafenden, an Kindern und Greisen, in der Kirche, in der Schule, auf Reisen, in Tollhäusern und Gefängnissen, an Gemälden und Gypsabgüssen seine physiognomischen Studien gemacht hatte. Ihnen mangelte ferner oft der sittlich-religiöse und namentlich der humane Sinn Lavaters, der mehr darauf ausgieng, das Gute als die Schwächen seiner Mitmenschen zu entdecken. Ihre übereilten und gehässigen Schlüsse und Fehlschlüsse konnten nur dazu dienen, die Physiognomik, die kaum durch die edelste Anstrengung zum Rang einer Wissenschaft erhoben worden war, neuerdings und jetzt mehr als zuvor der Verachtung und dem Spotte preiszugeben. Auch die wissenschaftliche Polemik eines Lichtenberg, der sich selbst vielfach mit Physiognomik beschäftigt hatte („über Physiognomik wider die Physiognomen, zur Beförderung der Menschenliebe und Menschenkenntnis" im göttingischen Taschenkalender auf das Jahr 1778), richtete sich zunächst gegen diese Stümper. Zugleich aber brachte der göttingische Gelehrte auch gegen die Hauptlehre Lavaters von der Möglichkeit einer wissenschaftlichen Physiognomik gewichtige Bedenken vor. Sie gaben zu einer neuen literarischen Fehde Anlaß, die namentlich im „deutschen Mercur", im „deutschen Museum" und andern Zeitschriften ausgefochten wurde. Männer wie Mendelssohn, Zimmermann, Wieland waren darein als Verteidiger und Gegner der Physiognomik verflochten. Bitterer als Lichtenberg, der diesmal mehr mit den Waffen des Ernstes kämpfte, verhöhnten Züricher Gegner den Ideenflug ihres Mitbürgers. Ihn machte unter andern Musäus in den „physiognomischen Reisen" (1778—1779) zur Zielscheibe seiner meist heiteren Ironie, Klinger im „Faust" (1791) zum Gegenstand seines beißenden Spottes. Aber durch die Polemik ward der Einfluß von Lavaters Lehre nur verstärkt. Billigere Auszüge aus dem kostspieligen großen Werke machten die neue Wissenschaft auch den weniger Bemittelten zugänglich. Uebertragungen in die meisten Sprachen Europas, namentlich eine französische Uebersetzung, die von Lavater selbst revidiert und mit bedeutenden Zusätzen vermehrt wurde (Paris 1806), trugen sie erfolgreich weithin in's Ausland. Die ersten Männer Deutschlands, Goethe, Herder, Hamann, bewunderten Lavaters physiognomisches Genie, und viele, die er nicht oder nur halb überzeugen konnte, versagten wenigstens dem Werte, welches überall ungesucht weite und fruchtbare Ausblicke auf alle geistigen Gebiete eröffnete, nicht ihren Beifall.

Am 8. März 1778 dichtete Lavater in jubelnder Begeisterung die Schlußode für die „Fragmente". Seine physiognomischen Studien aber überdauerten weit die Vollendung des großen Unternehmens. Ununterbrochen ergänzte er seine Sammlung von Bildern und Schattenrissen seiner Freunde. Den meisten dieser Portraits setzte er seine physiognomischen Urteile in hexametrischer Form bei. Den Gedanken, „physiognomische Linien" zu schreiben, führte er nicht aus. Nur einige flüchtige Notizen dazu zeichnete er sich auf. Dagegen stellte er um 1790 für sich und seine nächsten Freunde hundert physiognomische Regeln zusammen. Sie wurden zugleich mit den unter seiner Aufsicht angefertigten illustrierenden Zeichnungen nach seinem Tod im fünften Bande der nachgelassenen Schriften von seinem Schwiegersohn Georg Geßner herausgegeben. Ohne eigentlich Neues zu bringen, zog er hier die letzten praktischen Consequenzen gewisser allgemeiner Sätze aus den „Fragmenten": Hier war es ihm durchaus darum zu tun, die besonderen Eigenschaften des Geistes und Charakters aus den einzelnen Zügen und Bewegungen des Körpers zu bestimmen. Die Pfade der reinen Theorie verließ er hier vollkommen und mit ihnen die sicheren Schutzmauern, die ihn bisher am ersten gegen die Gefahr des Irrtums geschirmt hatten.

Vielfach angeregt durch Lavater, setzte sein jüngerer Zeitgenosse Johann Joseph Gall die Bestrebungen seines Vorgängers fort. Auch er legte, wie Lavater, das Hauptgewicht auf die festen Teile des menschlichen Körpers, speciell des Kopfes. Während aber Lavater mit Recht sein Augenmerk stets auf den ganzen Menschen und alles, was an ihm ist, richtete, beschränkte Gall sich auf die Untersuchung des Schädels, dessen Bau allein ihm Aufschluß über das gesammte geistige Wesen zu geben schien. Trotz dieser Einseitigkeit schlossen sich die späteren Forscher gleichwohl zumeist an ihn und nicht an Lavater an. Denn Gall fußte auf wissenschaftlicher Grundlage und gieng methodischer bei seinen Demonstrationen zu Werke. Doch dehnte man im Sinne Lavaters die physiognomische Betrachtung auch auf die Hand und den Fuß aus, und 1853 entwarf Karl Gustav Carus ein Gesammtwerk über die „Symbolik der menschlichen Gestalt". Die neueste Wissenschaft aber hat die Grundprincipien Lavaters überhaupt aufgegeben und sich von der Untersuchung der festen Körperteile mehr im Sinne **Lichtenbergs** zur physiognomischen Erforschung der beweglichen Muskeln **gewendet, namentlich** der Gesichtsmuskeln, **welche unter dem directen Einflusse** der Geistestätigkeit **stehen.** —

Lavaters **geschäftiger Eifer ließ sich nie an Einer Arbeit genügen. So erledigte er auch in den Jahren, da er ganz dem physiognomischem Studium hingegeben zu sein schien, daneben noch die verschiedenartigsten Aufgaben.** Er schickte wiederholt Sammlungen von Predigten und geistlichen Liedern in die Druckerei, lieferte Beiträge zu einer Ausgabe der „biblischen Erzählungen alten und neuen Testamentes" für die Jugend in Prosa und in Reimen, trat mit allen Kräften für **Basedows** neue Erziehungsmethode ein — auch durch öffentliche Briefe (1771) — und verfertigte selbst ein „ABC- oder Lesebüchlein zum Gebrauch der Schulen" (1772). Im Verein mit seinen Freunden **Jakob Heß** und **Johann Tobler** arbeitete er zu einer neuen Ausgabe der Züricher Bibelübersetzung (1772) ein Realregister aus, das ihm von Seiten der protestantischen Orthodoxie in der Schweiz und in Deutschland heftige Angriffe zuzog. Er schrieb, auch hier wieder von der allgemeinen Basis seines Christusglaubens ausgehend, ein „Taschenbüchlein für Dienstboten" (1772) und ein „Sittenbüchlein für das Gesinde" (1773) — in ähnlicher Weise folgten später „brüderliche Schreiben an verschiedene Jünglinge" (1782), „Lebensregeln für Jünglinge, besonders für diejenigen, welche die hohe Schule beziehen wollen" (1783) und „christlicher Religionsunterricht für denkende Jünglinge" (1787). Zusammen mit dem Kraftgenie **Christoph Kaufmann** und einigen Freunden gab er unter dem Titel „Allerlei" ein Büchlein heraus, dessen rhapsodisch hingeworfene, gegen die Führer des Rationalismus gerichtete Einfälle in Leipzig **Hottingers** beißende, aber vielfach berechtigte, anonyme Gegenschrift, die „Brelocken an's Allerlei der Klein- und Großmäuler" (1777), hervorriefen. Endlich veröffentlichte er (1778) eine „Sammlung einiger Gebete **auf die wichtigsten Angelegenheiten des menschlichen Lebens",** ein Buch, das im ganzen einfach und innig geschrieben war **und noch** in unserm Jahrhundert mehrfach aufgelegt wurde. Die bedeutendste Stelle unter diesen religiös-asketischen Arbeiten nahm ein Aufsatz aus dem September 1776 ein, der jedoch erst neun Jahre darnach im dritten Bande der „kleineren prosaischen Schriften" zum Abdruck gelangte, das „Fragment eines Schreibens an S*** über den Verfall des Christentums und die echte Schrifttheologie". Lavater knüpfte darin zum Teil an seine früheren Aeußerungen von der Kraft des Glaubens und des Gebetes an. In enthusiastischem, oft mystisch schwärmendem Tone und in einem fragmentarisch-sprunghaften Stile richtete er einen Aufruf an seine dem schriftgemäßen Christentum entfremdeten Glaubensbrüder, sie möchten mit Kindersinn die Bibel wieder lesen „als Geschichte, als Zeugenreihe, als Erfahrungsgeschichte des Gottesmenschen, ohn' allen Commentar". So sollten sie sich aus der Lauheit und den Zweifeln durchringen zur vollen „Christusreligion" der Auserwählten, welche „höherer Weisheit Tochter" und „Himmelsvernunft" ist und „evangelische Tugend" aus evangelischem Glauben zeugt. So sollten sie zur höchsten Bestimmung und höchsten Kraft der Menschheit gelangen, welche in aufsteigender Linie als „Gottes Erfahrung, Gottes Erfassung, Gottes Genuß, Gottes Gemeinschaft, Gottes Aehnlichkeit" sich darstellt.

Zu diesen schriftstellerischen Arbeiten kamen die anstrengenden Pflichten des Berufes und die ausgebreitete Tätigkeit, in die Lavater durch die beispiellose Ausdehnung seines persönlichen und brieflichen Verkehrs verwickelt wurde. Aus den verschiedensten Gegenden Deutschlands, ja Europas wandten sich Männer und Frauen jedes Alters und Standes, jeder Religion, Bekannte und Fremde, die mitunter sogar ihren Namen verheimlichten, an ihn als den Vertrauten und Berater ihres Herzens. Seit Luther hatte kein Deutscher eine ähnliche Correspondenz geführt. Oft hatte er auf mehrere Hunderte von Briefen zugleich zu antworten. Da er sich nicht im Stande fühlte, jedem besonders zu schreiben, so verfiel er auf den Ausweg, seine „vermischten Gedanken" religiösen Gehaltes in kleinen Heften von Zeit zu Zeit als Manuscript drucken zu lassen und so nur an seine Freunde zu versenden. Er tat dies vom Januar bis zum Mai 1774. Allein die Empfänger hielten diese Blätter nicht geheim genug; sie kamen in den Buchhandel, wurden nachgedruckt und sogar in öffentlichen Zeitschriften recensiert. Mit Bestürzung erfuhr Lavater dies und die Folgen davon auf seiner Rheinreise. So kundigte er denn bald nach seiner Rückkehr (im September 1774) den Freunden das Aufhören dieser kleinen Hefte an, warf aber zugleich einen freudigen Rückblick auf die Erlebnisse der Reise: er glaubte bemerkt zu haben, daß der Sieg des Christentums über die „Unvernunft der Vernunftsherolde" sich vorbereite.

Der an sich berechtigte Kampf gegen die Rationalisten und Aufklärer, dem Lavaters ganzes Leben galt und den er in diesen Worten an seine Freunde neuerdings erklärte, führte den allzeit mutigen Gottesstreiter nahe an das äußerste Ende des entgegengesetzten Lagers. Religiöse Schwärmer und angebliche Wundertäter flößten ihm stets großes Interesse ein, obschon er Anfangs ihr Tun fast mit Mißtrauen betrachtete und redlich untersuchte, bevor er glaubte. Allein seine Ansicht von den außerordentlichen Gnadenwirkungen des heiligen Geistes setzte ihn der Gefahr einer Täuschung stärker als jeden andern aus. So war er lange überzeugt, daß Swedenborg von Gott inspiriert sei, und richtete in diesem Sinne mehrere Briefe an ihn. Noch in späterer Zeit hielt er ihn für „einen wahren, redlichen Divinator". Die Wundercuren des katholischen Priesters Johann Joseph Gaßner beschäftigten ihn Jahre lang (1774 bis 1778). Er trat in Briefwechsel mit dem Teufelsbanner und befragte mehrere erprobte Aerzte um ihr Urteil. Unbefriedigt forderte er Semler, den erklärten Gegner alles Dämonenglaubens, auf, die vorgeblichen Tatsachen kritisch zu prüfen. Aber auch dessen Versuch, das Wunder auf natürlich-psychologischem Wege zu erklären, genügte ihm nicht. Im Sommer 1778 lernte er Gaßner selbst zu Augsburg kennen, sah aber keine seiner Curen. Auch gewann der Exorcist weder seinen Verstand noch sein Herz. Und doch zweifelte Lavater nicht an seiner Redlichkeit und an der logischen Consequenz seines Systems. Cagliostro sah er im Sommer 1783 zu Straßburg einige Male. Lavater erblickte in ihm eine Gestalt, wie die Natur nur alle Jahrhunderte Eine forme. Doch mißkannte er nicht die vielen „unleugbaren Hartheiten und Cruditäten" des Mannes und trat zu ihm in keinerlei „societätisches Verhältnis". Tiefer wirkte auf ihn Franz Anton Mesmer, der Begründer des Magnetismus. Auf einer Reise nach Genf mit dem Grafen Heinrich XLIII. von Reuß und dessen Gemahlin im Sommer 1785 wurde Lavater mit seiner Lehre bekannt. Unerklärliche Tatsachen schienen sie zu beweisen. Zwischen Glauben und Zweifel schwankend, wandte er sich wieder an rationalistisch gesinnte Aerzte, Theologen und Philosophen, darunter Garve, Campe und Spaldings Sohn, mit der Bitte, das merkwürdige Phänomen zu untersuchen. Aber indessen hatte er bereits selbst unter dem Beistand seines Bruders, welcher Arzt in Zürich war, mehrfache magnetische Curen, namentlich an seiner Frau, mit Erfolg vorgenommen. Die neu entdeckte Kraft des Menschen ließ er durchaus nur als natürlich, nicht als wunderbar gelten; zugleich aber bemühte er sich nunmehr, dieselbe im christlichen Sinn „als den heiligen Strahl der alles in allen wirkenden Gottheit zu verehren".

Es war zu erwarten, daß Lavaters Gegner diese Teilnahme an den mysticistischen Bestrebungen der Zeit mit ihrem Tadel und Spott nicht verschonen würden. Ja sogar, wo Lavater mit angestrengter Kraft und schließlich auch siegreich gegen die religiösen Schwärmereien betrogener Betrüger ankämpfte, machten ihm seine Feinde öffentlich die heftigsten Vorwürfe, als ob er den Wundercultus hervorgerufen und begünstigt hätte. So im Anfang der siebziger Jahre bei seinem Verhalten gegenüber dem Treiben der Züricher Bauersfrau Katharina Rinderknecht und ihrer von der gleichen Ekstase ergriffenen Anhänger. Und die gröbsten Angriffe giengen von Zürich aus und aus einem Kreise hervor, dessen Mitglieder über die wahre Sachlage wohl unterrichtet sein konnten.

Ein Privatbrief Lavaters, der eine Charakteristik aller Züricher Geistlichen enthielt, wurde gegen den ausdrücklichen Wunsch des Verfassers 1772 in der Mietauer „allgemeinen theologischen Bibliothek" gedruckt. Lavater hatte darin zum Teil seine Collegen in allgemeinen Ausdrücken gelobt; über sich selbst war er flüchtig hinweggeschlüpft. In leidenschaftlich gehässiger Weise hielt ihm dies ein junger Amtsgenosse vor, Johann Jakob Hottinger, der vorzüglichste Schüler Steinbrüchels. Anonym gab er zu Anfang des Jahres 1775 sein mutwilliges „Sendschreiben an den Verfasser der Nachricht von den zürcherischen Gelehrten im ersten Bande der allgemeinen theologischen Bibliothek" heraus. Der Brief über die Züricher Theologen ward hier nur als äußerer Anlaß benützt, um in boshafter Weise eine Anzahl halb wahrer oder ganz erdichteter Nachrichten über Lavaters wissenschaftlichen, religiösen und rein menschlichen Charakter auszustreuen. Ein lebhafter Streit knüpfte sich an die Broschüre. Lavaters Freunde drängten sich in Schaaren zur Verteidigung. Johann Jakob Heß wies den Verleumder ruhig, aber entschieden ab in seinen „Gedanken über das Sendschreiben eines zürcherischen Geistlichen" (1775). Breiter verarbeitete die Sache Johann Konrad Pfenninger (1747—1792), ungefähr seit 1770 bis an seinen Tod der nächste Freund Lavaters, unter dessen Lehren er sich großenteils gebildet hatte. Er verfaßte 1776 seine umfangreiche, weit ausgreifende „Appellation an den Menschenverstand, gewisse Vorfälle, Schriften und Personen betreffend". Lavater selbst, tief betrübt durch Hottingers Anklagen, war doch mit diesen Apologien keineswegs zufrieden und strebte umsonst, ihre Herausgabe zu verhindern. Im März (richtiger April) 1776 veröffentlichte er ein „Schreiben an seine Freunde", worin er dem anonymen Widersacher gegenüber jede Rechtfertigung verweigerte, bevor er seine Anklagen glaubwürdig begründet habe. Dasselbe forderte er von seinen Freunden. Zugleich bat er seine Anhänger, um des Friedens willen mit übertriebenen Lobsprüchen ihn zu verschonen und nicht fernerhin mehr Schriften, Briefe oder Predigten, die er nicht zum Druck bestimmt habe, ohne sein Wissen und Wollen zu publicieren — zwei Wünsche, zu denen ihn sowohl seine Bescheidenheit trieb als die Rücksicht auf das eigne, durch den Uebereifer der Freunde schon oft geschädigte Interesse.

So gern aber auch Lavater um des Friedens willen jedes Unrecht, das ihm persönlich widerfahren war, vergaß, so furchtlos erwartete, ja suchte er den Kampf, wenn er die Religion bedroht glaubte. So am Schluß der siebziger Jahre. Er sah, wie der Deismus durch Semlers und Tellers Schriften und vollends durch die Fragmente von Lessings Ungenanntem neu gefestigt wurde. Nun trat auch Gotthilf Samuel Steinbart mit einem von aufklärerischem Geist erfüllten Werk hervor, das in Zürich viel Aufsehen machte, dem „System der reinen Philosophie und Glückseligkeitslehre des Christentums" (1778). Lavater hielt es für seine Pflicht, vor diesen Gefahren zu warnen. Die Gelegenheit dazu brach er bei der nächsten Synode der Zürcher Stadt- und Landgeistlichkeit (1779) geradezu vom Zaun. Einen unmittelbaren Erfolg erzielten seine feurigen Worte nicht. Dagegen zog ihm eine in demselben Sinn abgefaßte Recension von Steinbarts Buch im „christlichen Magazin" (Zürich) 1779) energische Abfertigungen von Seiten Semlers und seiner Schüler zu.

Dieser Eifer für die Religion, den der Protestant Lavater jederzeit rücksichtslos bewährte, mußte auch bei Katholiken den Wunsch erwecken, ihn zu den Ihrigen zählen zu dürfen. Bei seinem Hang zum Mysticismus ließ sich dabei sogar auf Erfolg hoffen. An Bemühungen, Lavater in den Schoß der römischen Kirche zurückzuführen, fehlte es nicht; sie waren alle vergeblich. Lavater war gegen jedes christliche Bekenntnis tolerant; aber die Grundzüge der katholischen Lehre wie des katholischen Cultus entsprachen seinen Ansichten vom Christentum keineswegs. Gleichwohl tauchte (seit 1783) wiederholt das Gerücht auf, er sei heimlicher Katholik, ja gar ein Werkzeug des Jesuitenordens. Lange schwieg Lavater. Als aber die Anschuldigungen von Seiten eines Nicolai, Biester und anderer Vorkämpfer der Aufklärung immer mehr überhand nahmen, gab er 1786 seine „Rechenschaft an seine Freunde" heraus, zwei „Blätter", das erste über sein Verhältnis zu Mesmer, Cagliostro und ihren Lehren, das zweite, zunächst an den Professor Meiners in Göttingen gerichtet, über die Nichtigkeit jener Sage von seinem heimlichen Katholicismus. In beiden Fällen war Lavaters Darstellung unbefangen, streng der Wahrheit gemäß, für vorurteilslose Leser überzeugend, teilweise unterstützt durch einen frei über der Streitsache schwebenden Humor. Dennoch blieben ihm die Erwiderungen Nicolais und seiner übrigen Gegner nicht erspart. Seinen Sinn erschütterten diese Angriffe nicht. In dem Brief, den er am Ende seines Lebens 1800 an Fritz Stolberg nach dessen Uebertritt zur römischen Kirche richtete, bekundete er noch dieselbe religiöse Toleranz verbunden mit derselben Abneigung gegen Lehre und Gebräuche des Katholicismus wie anderthalb Jahrzehnte früher in jener Broschüre an Meiners.

In denselben, an Arbeit, Erfahrungen und Anfechtungen so reichen Jahren entwickelte sich auch Lavaters poetische Tätigkeit am fruchtbarsten. Jetzt begann er seine vermischten Gedichte zu sammeln. 1781 gab er zu Leipzig zwei Bände reimfreie „Poesien" heraus, „den Freunden des Verfassers gewidmet". Sie waren wegen ihres allzu individuellen Charakters auch nur für diese recht verständlich und genieß-

bar. Fast ausnahmslos waren es religiöse Gelegenheits=
gedichte, teils unmittelbare Ergüsse christlichen Gefühls, Be=
trachtungen der Taten der Heilsgeschichte, teils Geschichts=
bilder, Gemälde aus der Natur, freundschaftliche Oden und
Episteln, die ganz und gar von religiösem Geist erfüllt waren
oder wenigstens in den Schlußzeilen sein Weben vernehmen
ließen. Die Sprache der Bibel reichte dabei dem Dichter
manchen willkommenen Ausdruck dar. Noch mehr entlehnte er
aus Klopstock. Namentlich in den älteren dieser poetischen
Versuche ahmte er ihn knechtisch, bis auf die einzelnen Worte
und den Aufbau der Sätze, nach. Er überbot ihn noch durch
sein maßlos gesteigertes Empfinden, das sich äußerlich in be=
ständigen Ausrufen und Fragen kundgab. Aber, da er die
Sprache nur mühsam bemeisterte, fand er noch weniger als
Klopstock den adäquaten Ausdruck für die sinnliche Anschau=
ung, der auch den Leser seine Begeisterung begreifen und
mitfühlen lehren könnte. Ihn muß Lavaters Empfinden ver=
schwommen, ja unnatürlich dünken, weil es ihn kalt läßt.
Wie Klopstock versenkte sein Züricher Schüler sich gern in
Gedanken über die Zukunft und das Leben nach der Auf=
erstehung. Aber in naiver Einfalt und Unschuld suchte er
auch menschliches „Werden, Dasein und Wachstum" zu schil=
dern oder mühte sich vergebens, die moralischen Resultate
seiner physiognomischen Einsicht, indem er sie in Verse
zwängte, poetisch zu machen. Künstlerischen Wert haben noch
am ersten mehrere Oden an ältere Freunde, die Lavater selbst
wegen der ihnen anhaftenden allzu auffälligen „Spuren der
Jugendlichkeit" am niedrigsten stellte und nur als „Geschichte
seiner Poesie, seines Geistes, seines Herzens, durchaus nicht
als Poesie" mitteilte. Historisches Interesse erwecken vor
allem die Fragmente einer unvollendeten Epopöe „Adam".

Im Wetteifer mit Milton, den er nie auch nur von
fern erreichte, wollte Lavater hier die Geschichte der Schöpfung
und des Sündenfalls im ursprünglich biblischen Geiste dar=
stellen. Allein es war seiner subjectiv=sentimentalisch gearteten
Natur unmöglich, den naiv=epischen Ton zu treffen. Auch
das Vorbild Klopstocks, an den er sich dabei mehr als an
Bodmer anschloß, konnte ihn nicht auf den rechten Weg
führen. Der antiken Versmaße wurde er nie mächtig. Bald
verfuhr er ziemlich lax in ihrem Gebrauche, bald ließ er un=
zweifelhafte Fehler, besonders fünf= oder siebenfüßige Hexa=
meter mit unterlaufen. Das Geheimnis des Rhythmus gieng

ihm zeitlebens nicht auf; fehlte ihm doch alle Kenntnis der Musik.

Im folgenden Jahre begann Lavater sogar ein poetisches Wochenblatt, den „christlichen Dichter" (Mai 1782 —April 1783) zu erbaulichem Zweck herauszugeben, Anfangs allein, später unter dem Beistand seines Sohnes Heinrich und seines Hausgenossen Johann Michael Armbruster (1761 —1814). Gereimte geistliche Lieder, zum Teil wohlgelungen, bildeten den vornehmsten Inhalt des Blattes. Dazu kamen meist kurzgefaßte religiöse Betrachtungen und Ermahnungen in Reimen oder antiken Metren, geistliche Cantaten, breite poetische Paraphrasen von Stücken aus den Psalmen, den Propheten und aus dem neuen Testament, christliche Fabeln in Prosa, biblische Dialoge oder Scenen, die Lavater nach Worten der heiligen Schrift in Prosa zusammengestellt hatte. Ein langgedehnter Psalm, ebenfalls in ungebundener Rede, verriet durch seinen Wortlaut wie durch seinen künstlerischen Aufbau, durch den Dualismus der Gliederung den Nachahmer der hebräischen Poesie. Ein Brief eines verstorbenen Kindes an seine Eltern erinnerte hauptsächlich nur durch das eigentümliche Thema, das darin behandelt war, an ältere Dichtungen ähnlichen Charakters von Elisabeth Rowe und Wieland, welche auf den Verfasser der „Aussichten in die Ewigkeit" Einfluß geübt haben mochten. Auf die metrisch gebundene Form verzichtete Lavater auch hier. Wahrheit und Deutlichkeit war alles, was er bei diesen sämmtlichen Versuchen erstrebte. Nimmermehr wollte er blenden. Dagegen, um den verschiedenartigen Ansprüchen seines mannichfach gemischten Leserkreises zu genügen, rang er darnach, Einfalt und Kraft, Würde und Wärme, Belehrung und Erfreuung in seinem Wochenblatte zu vereinigen. Der moralische Nutzen galt ihm auch hier mehr als die künstlerische Schönheit.

Von demselben Grundsatz gieng Lavater aus, als er 1785 seine „vermischten gereimten Gedichte vom Jahr 1766 bis 1785" für seine Freunde sammelte, soweit sie nicht schon vorher in den „christlichen Liedern", in den „Schweizerliedern" und im „christlichen Dichter" enthalten waren. Die meisten dieser poetischen Arbeiten waren zuvor schon da und dort gedruckt worden. Allein viele seiner früher veröffentlichten oder nur handschriftlich verbreiteten Versuche erkannte Lavater jetzt nicht mehr an und schloß sie von der Aufnahme in die Sammlung aus. Nur als „gereimte Gutherzigkeit" wollte er die meisten dieser Gedichte betrachtet wissen. Um guten Menschen Freude zu machen, habe sie nicht so fast der Autor als der Freund, der Tröster, der Briefschreiber, der Mensch verfaßt. So waren auch diese Reime zum größten Teil Gelegenheitsstücke. Auf künstlerische Bedeutung konnten sie zu einer Zeit, wo das deutsche Volk sich bereits an Goethes Jugendlyrik entzückt hatte, keinen Anspruch mehr erheben. Wie Lavater in seinen reimlosen Gedichten von Klopstock abhängig war, so gehörte er mit seinen gereimten Versuchen fast noch einer früheren Zeit an, der Periode unmittelbar vor Klopstocks Auftreten. Nur der einfachere, natürlichere Ausdruck seines mehr innigen als leidenschaftlich tiefen Gefühls bekundete den Sohn eines späteren Jahrzehnts. Einige spruchartige kürzere Gedichte weltlichen, mitunter gar scherzhaften Inhalts, halb Epigramme, halb Fabeln, verrieten noch am ersten den Zeitgenossen und Freund des jungen Goethe. Aber die Mehrzahl der übrigen Stücke von lehrhaftem, gewöhnlich geistlichem Charakter hätte ein Poet aus dem Kreise der Bremer Beiträger eben so gut geschrieben, wahrscheinlich sogar besser, ohne den Flug der Phantasie so ängstlich an den Boden zu heften. Häufig wagte sich Lavater hier wieder an die Cantate. Im größeren Stil erfaßte er sie niemals; doch verstand er bisweilen die Darstellung darin hübsch zu gliedern. So in der bereits 1778 besonders gedruckten Cantate in drei Handlungen „die Auferstehung der Gerechten", welche Schwindel in Karlsruhe componierte. Dramatische Entwicklung fehlte hier durchgehends; hingegen trat das lyrische Element stark hervor. Oft drückte daher Lavater die Form der Cantate Gedichten, deren Erfindung und Aufbau sich wenig dazu eignete, nur äußerlich auf. Dies war unter anderem der Fall bei mehreren vaterländischen Poesien, episch-lyrischen Darstellungen aus der Schweizer Geschichte, die er als Neujahrsgeschenke der musikalischen Gesellschaft an die Züricher Jugend verfaßte.

Doch nicht nur seine vermischten lyrischen Gedichte aus früheren Jahren sammelte Lavater jetzt für seine Freunde; er trat auch mit größeren dramatischen und epischen Versuchen hervor. Seit einigen Jahren schon beschäftigte ihn die Arbeit, die er 1776 unter Goethes Beistand veröffentlichte, „Abraham und Isaak, ein religiöses Drama". Stolz wies er im Vorbericht (vom 11. Juli 1775) alle ästhetischen Einwände gegen die Wahl des Stoffes ohne jegliche Antwort ab. Ihm genügte für die Herausgabe die Ueberzeugung, „daß der Nutzen davon größer sein werde als der Schaden". Klopstocks „Tod Adams" war sein Vorbild gewesen. Zwar eignete sich sein Süjet, die Opferung Isaaks, unvergleichlich besser zur dramatischen Behandlung als das seines Vorgängers: der grelle Contrast zwischen den Stimmungen der höchsten Freude und des bittersten Schmerzes, der Gegensatz der Empfindungen, mit denen Vater und Sohn dem Opfer entgegengehn, der Zwiespalt, der in Abrahams Seele wühlt, boten dem Dichter wirksame tragische Motive dar. Aber dennoch vermochte Lavater nicht seinem Drama auch nur den Reichtum an Vorgängen zu geben, den Wieland, indem er glücklich erfundene Episoden geschickt mit dem Stoffe verflocht, seinem epischen Versuch „der geprüfte Abraham" verlieh. Die Charakteristik der auftretenden Personen gelang ihm bis zu einem gewissen Grade. Aber redselige Betrachtungen mußten nicht nur die Handlung, sondern auch die Empfindung öfters ersetzen. Doch verleugneten sich auch die Einflüsse der Sturm- und Drangperiode nicht. Namentlich die naturalistische Ausführung jeder Scene bis in kleine Einzelheiten des täglichen Lebens hinein bewies das. Nicht minder die Prosa des Dialoges, welche zwar beständig zum iambischen Vers aufstrebte, jedoch auch die Nachlässigkeiten und Freiheiten der gewöhnlichen Volkssprache festzuhalten versuchte.

An das Drama wagte sich Lavater fernerhin nicht mehr. Dagegen begann er, verschiedene biblische Stoffe episch zu bearbeiten. Vom alten Testament, aus dem Bodmer sich mit Vorliebe seine Themata geholt hatte, wandte er sich nach den Fragmenten des „Adam" (1779 entworfen) zu den Büchern des neuen Bundes, welche ihn als Dichter dauernder fesselten. In den wöchentlichen Abendpredigten behandelte er damals gerade die Offenbarung Johannis. Das regte ihn zu einer poetischen Paraphrase der Apokalypse an, die im Spätsommer 1780 unter dem Doppeltitel „Jesus Messias oder die Zukunft des Herrn" erschien. Strenger schloß sich Lavater in den erzählenden und in den weissagenden Stellen an die Urschrift an; die rein lyrischen Partien hingegen führte er unsäglich breit aus. Da schob er lange Hymnen der Engel und der auferstandenen Seligen ein, unterbrach wiederholt seine Hexameter durch freie Rhythmen und hielt seiner endlosen dithyrambischen Begeisterung alles für möglich und erlaubt. Nicht nur im Inhalt, sondern auch in der Sprache und poetischen Form war er von der Bibel abhängig. Einflüsse Klopstocks und Miltons traten dazu. Das Ganze zerfiel in vierundzwanzig Gesänge von mäßigem Umfang. Die knappere und lebendigere Darstellung in der ersten Hälfte entlockte selbst Goethe ein Wort des Beifalls. Die ermüdende Breite und Verschwommenheit der späteren Teile hingegen verschuldete namentlich die kühle Aufnahme des Werkes. Auch daß zahlreiche treffliche Vignetten von Chodowieckis Meisterhand das Buch schmückten, bestach das Urteil des Publicums nicht.

Gleichwohl ließ Lavater sich nicht abschrecken, ein ähnliches, nur größeres und schwierigeres Werk, das er seit vielen Jahren geplant hatte, jetzt auszuführen. 1783—1786 veröffentlichte er in doppelter Ausgabe mit oder ohne Kupfer vier stattliche Octavbände „Jesus Messias oder die Evangelien und Apostelgeschichte in Gesängen". Mehrere Stücke daraus hatte er schon 1774 im ersten Bande der „vermischten Schriften", wieder andere seit 1782 im „christlichen Dichter" mitgeteilt.

Lavater bekannte selbst, daß ohne Klopstocks Messiade seine Schrift „wohl nie veranlaßt worden, nie möglich gewesen" wäre. Er war bereit, wenn in seiner Arbeit etwas Gutes sei, „unbestimmlich viel von dem Verdienst derselben" jenem Werke zuzuschreiben, das er seit mehr als zwanzig Jahren sein liebstes und — die Bibel ausgenommen — das einzige nenne, an welchem er sich nie satt lesen könne. Und als „die Ehre Germaniens" pries er in seinen Versen Klopstock, seinen „Lehrer", den „Fürsten" der christlichen Dichter, „der dem Himmel näher sein Volk hob".

In der Tat war er überall, im Größten wie im Kleinsten, von Klopstock abhängig. Seinem Einfluß vermochte er Sprache und Vers nicht zu entziehen. Einzelne Worte, zusammenhängende Phrasen, grammatische Formen und Eigenarten, die Klopstock besonders liebte, nahm er bewußt oder unwillkürlich in sein Werk herüber. Aber auch auf den innern Charakter und Geist seiner Darstellung wirkte das Vorbild des älteren Dichters ein. Sogar Klopstocks unsinnliche, mit Vorliebe dem Seelenleben entnommene Gleichnisse suchte er hin und wieder nachzuahmen. Dieselbe Scheu vor der Hoheit seines Gegenstandes, die Klopstock nur „mit Einem weinenden Laute" singen ließ, hemmte auch Lavater, als er sich den heiligsten Stellen der evangelischen Geschichte nahte. Bei der Schilderung des Todes und der Auferstehung Christi drohte auch er vor der Größe seiner Aufgabe zu erliegen. Auch seine Darstellung wurde in diesen Partien, die Klopstock vorher schon behandelt hatte, mehr und mehr lyrisch. Während sonst das subjective Empfinden des Dichters seltner und vorzugsweise dann im Eingang der Gesänge zum Ausdruck gelangte, gieng hier die Erzählung beständig in religiöse Betrachtung über. Breite Gefühlsergüsse, Gebete, Hymnen, zum Teil in lyrischen Rhythmen, unterbrachen mehrfach den epischen Verlauf der Geschichte. Auf dieselbe Weise wie bei Klopstock ward so das Gedicht zu einer Art von Bibelharmonie erweitert. Denn in diesen lyrischen Abschnitten, die Lavater in den Gang der Erzählung einschob, verwertete er namentlich Ideen und Ueberlieferungen des alten Testamentes, die Psalmen und die auf Christus vordeutenden und prophetischen Stellen.

Die künstlerische Natur seines Stoffes, welcher der epischen Behandlung widerstrebte, der lyrischen hingegen sich willig darbot, führte Lavater unversehens zurück auf die Bahnen Klopstocks, die er eigentlich doch so ängstlich zu vermeiden trachtete. Denn wie ungemein er auch die ältere Messiade bewunderte, so vermißte er doch vieles daran. Daß ihr Dichter der Ausmalung alles eigentlich Geschichtlichen geflissentlich ausgewichen war, ja einige wesentliche Partien der Passion geradezu übergangen hatte, befremdete ihn auf das allerhöchste. Im Nachwort zum zweiten Band seines „Jesus Messias" (1784) ersuchte er Klopstock sogar öffentlich, er möge ihn und seine sonstigen Leser über die Gründe dieses Verfahrens belehren. Selbstverständlich wurde ihm die Bitte niemals erfüllt. Die Einsicht in das, was dem Werke Klopstocks fehlte, hatte ihn in dem langgehegten Gedanken bestärkt, selbst eine Messiade zu schreiben, die „historischer, planer, vollständiger, wahrer, weniger neuchristlich und mehr altisraelitisch" wäre, eine dichterische Messiade, „wie die vier Evangelien und die Apostelgeschichte eine historische sind". So ausgebildete Leser, wie sie Klopstocks Werk bedarf, setzte das seine nicht voraus. Es sollte deßwegen nicht eben allgemein genießbarer, sondern lieber „mehr gemeinnütziges Erbauungsbuch für cultivierte Leser sein, die an der malenden Dichtkunst Gefallen haben". Dem epischen Dichter nachzufliegen wollte Lavater sich nicht vermessen. Er beschied sich, „poetischer Erzähler, ausmalender Darsteller der Geschichte zu sein". Seinen Stoff künstlich auf einen engeren Zeitraum zu concentrieren fiel ihm nicht ein. Das Leben, die Lehre, die Taten Jesu waren ihm alle so wesentlich wie sein Tod. So sang er denn den ganzen historischen Inhalt des neuen Testamentes von dem wunderbaren Opfer des Zacharias im Tempel zu Jerusalem bis auf die Ankunft des Apostels Paulus in Rom.

Er erzählte mit umständlichster Breite. Auch das Geringfügigste war ihm nicht unbedeutend genug, um es zu übergehen. Die vorhandenen Evangelienharmonien konnte er daher zwar benützen, keiner aber ganz folgen. In seiner Sucht, alles zu bringen, gieng er so weit, daß er Vorgänge, die von den verschiednen Evangelisten in unwichtigen Nebensachen verschieden berichtet sind, zweimal erzählte. Dadurch kamen einige unfreiwillige Wiederholungen in das Gedicht, die sich mit der künstlerischen Oekonomie schlecht vertrugen. Anders stand es um die absichtliche Wiederholung einzelner Verse oder größerer zusammenhängender Partien. Hier bediente sich Lavater nur eines formalen Kunstgriffes, der von je her dem Epiker vertraut war. Hier setzte er aber auch gleich zuweilen an die Stelle der einfachen epischen Repetition den ursprünglich aus der Lyrik entlehnten, gewissermaßen strophisch abschließenden Refrain.

Jene unwillkürlichen sachlichen Wiederholungen waren nur in der ersten Hälfte des Werkes möglich, so lange der Dichter aus mehreren Quellen zugleich schöpfte. Eine andere Gefahr drohte bei dem letzten Bande. Wie sollte es dem Verfasser gelingen, nachdem er den Höhepunkt überstiegen, den Tod, die Auferstehung und die Himmelfahrt des Erlösers besungen hatte, in die Darstellung der Apostelgeschichte noch genug Interesse zu bringen? Lavater erkannte die Schwierigkeit der Aufgabe; an einen Versuch, sie im künstlerischen Sinne zu lösen, dachte er nicht. Er wollte durch die Sache allein wirken, durch den bloßen Stoff, den er getreu, wie der Historiker ihn ihm überlieferte, als Poet wiederzugeben strebte. Vor dieser engherzigen Tendenz mußten alle rein dichterischen Rücksichten verschwinden. Von einem künstlerisch überdachten und geordneten Aufbau des Ganzen war keine Rede; die einzelnen Vorgänge wurden gleich unverbundenen Episoden äußerlich an einander gereiht. Sogar in der Charakteristik der handelnden und sprechenden Personen, im landschaftlichen und culturhistorischen Colorit wagte Lavater äußerst selten zu den Angaben seiner Gewährsmänner aus eigner Phantasie etwas hinzuzutun. Nur Reden, Gedanken und Empfindungen legte er ohne Scheu aus eigner Eingebung den Personen seines Gedichtes in den Mund und in den Sinn. Den localen und den historischen Charakter seiner Geschichte wußte er bei allem Mangel an objectiven Kenntnissen verhältnismäßig gut zu wahren. Ganz vereinzelt blieben die Stellen seiner Messiade, die den Sohn des achtzehnten Jahrhunderts, den Vorkämpfer des Glaubens gegen den Rationalismus oder gar den Physiognomiker verrieten.

Dagegen zeigten die Mängel der äußeren wie der inneren Form nur zu deutlich das technische Unvermögen des Verfassers. Grammatisch unrichtige und unmögliche Formen waren bald dem Vers zu Liebe, bald als Ueberreste des schweizerischen Dialektes nicht ausgemerzt worden. Von sieben- oder fünffüßigen Hexametern waren zwar im ganzen wenige, aber immerhin genug steben geblieben, um jeden Zweifel an der Unsicherheit des Versificators schwinden zu machen. Die so oft mißglückten Versuche des Enjambements bewiesen zur Evidenz, daß auch das leiseste Gefühl des Rhythmus dem Autor abgieng. Und doch war Lavater überzeugt, daß er den „Jesus Messias" als eines seiner ausgearbeitetsten, dauerfähigsten und tief aus der Seele quellenden Producte empfehlen dürfe.

Allein der enthusiastischen Freunde, die ihm auch hier uneingeschränkten Beifall spendeten, waren wenige. Klopstock hielt mit seinem Urteil zurück. Die öffentliche Kritik kümmerte sich kaum um den Dichter Lavater. Teilnehmende und ausharrende Leser scheint der „Jesus Messias" auch nur in engeren Kreisen gefunden zu haben, die sich aus persönlichen Anhängern oder religiösen Gesinnungsgenossen seines Verfassers zusammensetzten.

Viel mehr beschäftigte sich Publicum und Kritik mit einem andern Werke Lavaters, das, ebenfalls halb biblisch, halb poetisch, derselben Zeit wie seine Messiade entstammte. Zwischen 1782 und 1785 erschien in vier Bänden „Pontius Pilatus oder die Bibel im Kleinen und der Mensch im Großen", vielleicht die eigentümlichste Schrift des Züricher Weisen. Eben darum erregte sie auch seinen Lesern den meisten Anstoß. Und ganz ohne Mißfallen wurde sie kaum von seinen nächsten Freunden aufgenommen.

Seit Weihnachten 1779 arbeitete Lavater an dem Werke, angeregt durch ein Wort Hamanns. Der Magus aus dem Norden hätte sich auch mit der Auffassung des Buches im ganzen einverstanden erklären können. Die Darstellung jedoch war von seiner Vortragsweise grundverschieden. Lavater wollte so populär als möglich schreiben. Klarheit und Ausführlichkeit waren daher die Vorzüge, **nach denen er** hauptsächlich strebte. Fremdwörter übersetzte **er, fern liegende Anspielungen** vermied er, streng folgte er **einer äußerlichen, durch den** Verlauf der biblischen Geschichte vorgezeichneten **Ordnung.** Und doch machte er oft die kecksten Zeitensprünge, **suchte** seine Beispiele, Gleichnisse **und Parallelstellen aus den entlegensten** Büchern alten und neuen Testamentes **zusammen,** ja durchlief **wiederholt** die gesammte Bibel **von Anfang bis zu Ende, um** gewisse Vorgänge **oder** Reden darin **in Beziehung** zu einem einzigen Wort der Passionsgeschichte zu setzen. Hier schob er eine Anmerkung ein, **die zur Toleranz** gegen die Juden mahnte, da **ein Capitel über die Häßlichkeit** des Neides, dort einen **direct** oder **indirect** geführten Beweis **der Echtheit der evangelischen** Geschichte. Bald entwarf **er ein weitgedehntes Schema mit** zahlreichen Rubriken, in welche er **ein halbes Tausend** Fragen, die in der heiligen Schrift vorkommen, **verteilte;** bald betrachtete **er** im Zusammenhang alle Träume, **von denen in der Bibel** erzählt wird; bald definierte er **den Begriff des** Erhabenen und führte im Anschluß daran alle erhabenen **Sprüche und Taten aus** den heiligen Büchern **auf.** Gern citierte er aus **den biblischen** Epen und geistlichen Gedichten **der** Zeitgenossen. **Doch selbst** heidnische Poeten, **Orpheus, Homer, Pindar und andre,** mußten ihm **den Ausdruck für sein christliches** Empfinden leihen. Ermüdende Breite war **ein Grundfehler** auch **dieses** Werkes. An jedes Wort des **biblischen** Textes knüpfte Lavater weitschweifige Betrachtungen an, **teils Predigten lehrhaften** Charakters, teils überschwängliche Gefühlsergüsse. **In** Pilatus erblickte er einen „Universal=Ecce=homo", den „Menschen in allen Gestalten", den glücklichsten und unglücklichsten, den gerechtesten **und** ungerechtesten, den allgemeinsten und einzigsten Menschen, **der** als Richter des Richters der Welt, als Vollstrecker des ewigen Ratschlusses der Gottheit die größte aller Rollen gespielt **hat.** Die Geschichte des Pilatus, **um** so mehr, als sie zugleich **die** Geschichte der Passion Christi ist, **wurde** ihm so zu einer „**Bibel im Kleinen**", zu einem

„Magazin menschlicher, christlicher, poetischer, sittlicher Bemerkungen und Gefühle über den Menschen", zu einer „Geschichte der Menschheit", einer „Darstellung der Höhe und Tiefe, der Würde und des Verfalls der menschlichen Natur". Sein Werk sollte somit „ein Menschenbuch" werden, „eine Schrift zur Schande und Ehre unsers Geschlechtes, lesbar für Christen, Nichtchristen, Unchristen, Antichristen". Zugleich aber ein besonderes Handbuch für alle, denen das Evangelium herzlieb und denen das schwere Wort nicht drückend sei. Künstlerische Einheit in dieses Durcheinander zu bringen war kaum Lavaters Absicht. Wurde es ihm doch schwer genug, die philosophische Grundidee überall einheitlich durchzuführen. Es fehlte durchaus an Methode. Mochten einzelne Partien des Buches auch noch so herrlich ausgefallen sein, das Ganze blieb ein zwar gehaltvolles und lehrreiches, jedoch enthusiastisches Product, das den Leser wohl auf Augenblicke anregen und aufregen, kaum aber auf die Dauer fesseln und befriedigen konnte. Lavater selbst war überzeugt, daß sein „Pontius Pilatus" zwar sehr vieles für sehr viele enthalte, ohne das Medium seiner Individualität aber eine im ganzen ungenießbare Speise sei, darum auch nur seinen Herzensfreunden durchaus gefallen könne. Ihm galt das Buch als Abdruck seines Geistes und Herzens, Schimmer oder Dämmerung von ihm selbst. „Es ist wie ich. Wer dies Buch hasset, muß mich hassen. Wer dies Buch liebet, muß mich lieben. Wer's nur halb genießen kann, kann auch meinen Geist und mein Herz nur halb genießen."

In diesem letzten Falle waren meistens auch die selbständigeren Freunde des Verfassers. Auf Goethe, der sich damals als decidierten Nichtchristen fühlte, machte das Buch einen so widrigen Eindruck, daß er im ersten Aerger es sogar zu parodieren begann. Es war der erste, unheilbare Riß im Bunde der ehemaligen herzlichen Freundschaft.

Weiteren Kreisen als mit dem „Pontius Pilatus" suchte Lavater mit seinen „Betrachtungen über die wichtigsten Stellen der Evangelien" nützlich zu werden (zwei Bände 1783—1790). Frei von dem Ehrgeiz, als Exeget oder Dogmatiker zu glänzen, beschränkte er sich darauf, die evangelische Geschichte in einfacher Weise homiletisch zu behandeln. Er begnügte sich, ein bloßes „Erbauungsbuch für ungelehrte, nachdenkende Christen nach den Bedürfnissen der jetzigen Zeit" zu schreiben. Er fügte darum den Worten der vier

Evangelisten Vers für Vers sachlich erläuternde Anmerkungen, Parallelstellen aus andern Büchern der Bibel, christliche Betrachtungen und Empfindungen bei. Die religiöse Begeisterung wuchs ihm während der Arbeit, so daß der zweite Band in den Hexametern eines Lob- und Dankgebetes an den Erlöser endigte. Ein „evangelisches Handbuch für Christen oder Worte Jesu Christi", eine Sammlung verschiedner Bibelstellen mit homiletischen Anmerkungen, folgte unmittelbar darauf (1790).

Wie für einen Menschen ohne Ehrlichkeitsgefühl die Ehrlichkeit, so schien Lavatern das Göttliche des Christentums für den Ungläubigen unerweislich. Nichts desto weniger aber war er überzeugt, daß es als historisches Factum, welches zahllose biblische Urkunden bestätigen, unumstößlich gewiß sei. Aus der Fülle dieser urkundlichen Belege sammelte er die vornehmsten Aussprüche der männlichen Zeugen, also der Apostel und hervorragenderen Gläubigen, aus dem neuen Testament. So entstand das Werk „Nathanael oder die eben so gewisse als unerweisliche Göttlichkeit des Christentums, für Nathanaele, das ist für Menschen mit geradem, gesundem, ruhigem, truglosem Wahrheitssinn". Lavater teilte den Inhalt der maßgebenden Schriftstellen im Auszug oder noch lieber ihren Wortlaut in voller Breite mit und knüpfte daran im Geist und im Ton seiner Predigten eine kürzere oder längere Erklärung und Betrachtung des heiligen Textes. Er wollte das Unerweisliche keineswegs beweisen, sondern vielmehr dartun, daß jeder Beweis überflüssig sei. Hiezu bediente er sich beständig derselben Figur: er fragte erstaunt und unwillig, wie es möglich sei, den historischen Bericht der biblischen Autoren für Erdichtung zu halten. Auf Bekehrung der Ungläubigen oder Zweifler hatte er es auch jetzt wieder abgesehen; die Vorrede (vom 26. Februar 1786) richtete sich „an einen Nathanael, dessen Stunde noch nicht gekommen ist". Aber die einstige Indiscretion von 1770, an welche ihn Mendelssohns Tod (im Januar 1786) auf's neue mahnte, suchte er jetzt durch die äußerste Discretion zu büßen: niemand, nicht einmal der Adressat selbst, sollte erfahren, an wen sich diese Zuschrift des „Nathanael" eigentlich wende (an Goethe?).

Das Jahr 1786, in welchem dieses Buch erschien, war auch äußerlich eines der bewegteren in Lavaters Leben. Im Juni, unmittelbar nachdem er unter schweren Seelenkämpfen einen Ruf nach Bremen ausgeschlagen hatte, trat er eine Reise zu den Freunden im Norden an. Kleinere Reisen unternahm Lavater fast jedes Jahr. Meist verließ er dabei den Boden der Schweiz nicht. Interessant hatte sich für ihn besonders der Ausflug gestaltet, zu dem ihn im Sommer 1777 Zollikofer, damals sein Gast in Zürich, ermunterte. In Waldshut am Rhein hofften sie Joseph II. zu sehen. Ihr Wunsch ward überschwänglich erfüllt. Der Kaiser berief Lavater zur Audienz und unterhielt sich lange mit ihm über seine Bestrebungen, namentlich auf dem Gebiete der Physiognomik. Eine größere Reise bis an den Main unternahm Lavater im Juli 1782, dann wieder im Juni 1783, als er seinen fünfzehnjährigen Sohn Heinrich nach Offenbach zu einem Freunde brachte, der ihn für den Besuch der Hochschule vorbereiten sollte. Jetzt, im Sommer 1786, bezog Heinrich als angehender Mediciner die Universität. Der Vater begleitete ihn nach Göttingen. Von da setzte er seine Reise nach Bremen fort. Er wurde mit Begeisterung aufgenommen und mit Ehren überhäuft. Zahlreiche neue Freunde lernte er kennen, viele alte suchte er auf dem Hin- und Rückweg auf. Bald freilich trübten die Schmähschriften seiner Gegner den reinen Eindruck, den er von der Reise nach Hause mitbrachte. Er konnte kein Wort sprechen, keinen Schritt tun, den sie nicht boshaft entstellten und mißdeuteten.

Neue Ansprüche machte Lavater an sich selbst, als er zum Pfarrer der St. Peterskirche in seiner Vaterstadt befördert wurde. Anfang 1787 trat er dieses Amt an. Alsbald bemühte er sich mit Erfolg, die Lage der Armen in seiner Gemeinde zu verbessern. Auch eine Bibliothek guter Erbauungsschriften legte er für seine Pfarrkinder an. Seit dem Jahre 1791 übernahm er zu den Pflichten seines Amtes die Aufgabe, der Prinzessin von Mömpelgard und den protestantischen Glaubensgenossen an ihrem Hofe von Zeit zu Zeit das Abendmahl zu reichen. Zu einer größeren Reise entschloß er sich wieder im Mai 1793. Kopenhagner Freunde und Verehrer hatten ihn wiederholt und dringend eingeladen. Anfangs widerstrebte Lavater ihrer Bitte. Die schlimmen Erfahrungen des Jahres 1786 hatten ihm alle weitere Reiselust benommen. Auch äußere Hindernisse standen dem Unternehmen entgegen. Als diese gehoben waren und namentlich der dänische Minister Graf Bernstorff ihm eine Vergütung der Reisekosten anbot, machte er sich mit seiner ältesten Tochter

auf den Weg. Wieder suchte er aller Orten, wohin ihn
seine Fahrt führte, die christlich frommen Gesinnungsfreunde,
namentlich unter dem Adel, auf. Aber auch auf den persön
lichen Verkehr mit den Männern der Wissenschaft und Literatur hatte er seine Absicht gerichtet. In Jena sah er den
Kantianer Reinhold, in Weimar Wieland und Herder —
Goethe und der Herzog waren abwesend —, in Hamburg Klopstock. Ueberall, vor allem in Kopenhagen selbst,
wurde er von Hoch und Niedrig auf das herzlichste und
ehrenvollste empfangen. Nach Zürich zurückgekehrt, begann
er, recht weitschweifig die Erlebnisse der Reise nach Aus-
zügen aus seinem Tagebuch „durchaus bloß für Freunde" zu
schildern: „Reise nach Kopenhagen im Sommer 1793".
Doch erschien von dem unerfreulichen Werke nur ein einziges,
allerdings ziemlich umfangreiches Heft, welches die neun
ersten Tage der Fahrt bis zur Ankunft in Hof umfaßte.
Sogleich rief das Buch den Spott der Gegner hervor. Der
Humorist Adolf Freiherr von Knigge schrieb seine stellen-
weise wörtliche und oft scharf einschneidende Parodie „Reise
nach Fritzlar im Sommer 1794". Es war der letzte heftige
Angriff, dem Lavater — und nicht ohne eigene Schuld —
sich ausgesetzt sah. Aber es war auch das letzte Mal gewesen, daß er persönlich sich weit über die Grenzen seines
Vaterlandes hervorwagte. Kränklichkeit, die schon seit mehreren
Jahren beständig zunahm, hielt ihn von jetzt an in der Heimat gefesselt. Der Gedanke an seinen nahen Tod verließ
ihn nun nicht mehr. Desto energischer spannte er daher alle
geistige Kraft zur regsten Tätigkeit an.

Zu größeren zusammenhängenden Werken nahm er seit
dem „Nathanael" kaum mehr recht einen Anlauf. Dagegen
verarbeitete er nun seine vermischten Gedanken bald zu kleineren Aufsätzen, bald sprach er sie nur als Sentenzen aus,
sammelte sie so und legte davon ein Heft um das andere
seinen Freunden vor. Bereits früher hatte er dies hin und
wieder versucht; jetzt wurde es geradezu Regel für ihn.

So hatte er schon 1784 zu St. Gallen ein Bändchen
„Herzenserleichterung oder Verschiedenes an Verschiedene"
erscheinen lassen. Nach genauester Prüfung gab er hier als
den „Effect vieljähriger Erfahrungen, Leiden, Ueberlegungen,
Beobachtungen" eine Reihe von Aufsätzen an seine Freunde,
seine Correspondenten, seine Mitbürger, seine Leser, an die
Käufer und an die Recensenten seiner Schriften, an seine

„sogenannten oder allenfalls wirklichen Feinde oder Unfreunde", an Arme jeder Art, an fremde Durchreisende u. s. f. Rückhaltlos sprach er sich über vieles aus, was ihm persönlich nahe gieng, über seine umfangreiche literarische Wirksamkeit, über sein Verhältnis als Mensch und als Autor zum Publicum, über die Brauchbarkeit seiner Schriften für gewisse Klassen von Lesern, über seine religiöse Toleranz, über die Grundsätze seines Christentums. Nicht alles, was er sagte, war neu, aber alles durchaus wahr. Das Ganze zusammen konnte man wohl als Skizze einer Selbstcharakteristik des Verfassers betrachten.

Fast nur aus fremden Büchern als Ergebnis seiner Lectüre stellte Lavater 1785 das Schriftchen zusammen, das er dem Erbprinzen Friedrich von Anhalt=Dessau widmete, „Salomo oder Lehren der Weisheit", eine Sammlung von mehreren hundert Sentenzen aus verschiedenen Schriftstellern alter und neuer Zeit, ohne eine speciell religiöse Absicht angelegt. Der Herausgeber selbst steuerte nichts als die wenigen Sprüche der „Zugabe" am Schluß bei.

Die Frucht eigner, langjähriger Erfahrung waren hingegen die Lehren und Gedanken, welche Lavater 1787 unter dem Titel „Noli me nolle" zunächst für seinen auf der Universität weilenden Sohn aufzeichnete, sowie die „vermischten unphysiognomischen Regeln zur Selbst= und Menschenkenntnis" aus demselben Jahre. Die ersteren wurden nicht gedruckt. In den Handel kam auch das zweite Buch nicht. Nur seine Freunde hatte der Verfasser bei der Herausgabe im Auge, und gleich als ob er sich mit ihnen unterhielte, so reihte er hier, oft im halben Gesprächston, bald Sentenzen, bald Regeln, bald Anekdoten für sie an einander. Mit einfachen Sätzen des gesunden Menschenverstandes wechselten bedeutendere Lehren tiefer Lebensweisheit, die meisten auf der Basis allgemeiner, nicht specifisch christlicher Moral gegründet. Eine ähnliche, doch wieder weniger originelle Publication brachte das folgende Jahr (1788), die „Handbibel für Leidende". Lavater stellte nämlich darin die Bibelverse zusammen, welche auf Leidende aller Art Bezug haben, ordnete sie alphabetisch nach den Anfangsworten der Züricher Uebersetzung und begleitete sie mit einer praktischen, überaus warmen und wohltuenden Anwendung. Von dem Buche erschien jedoch nur Ein Band. 1789 folgte ein neues Sammelwerk von Lehren und Sentenzen, das „Taschenbüchlein für

Weise". Den Ertrag desselben bestimmte der Autor zur Unterstützung der unglücklichen Juden, welche in diesem Sommer, eben als er zur Cur in Basel weilte, aus den nachbarlichen Districten Frankreichs bei einer der revolutionären Bewegungen vertrieben worden waren.

Eine andere kleine Schrift desselben Jahres 1789, „Zween Volkslehrer, ein Gespräch", leitete wieder ganz auf das religiöse Gebiet zurück. Sie richtete sich gegen den nämlichen Aufklärer Bahrdt, dem schon Lavaters erster literarischer Versuch gegolten hatte. Dem seichten Verfasser der „Bibel im Volkston" und der „Briefe über den Plan und Zweck Jesu" stellte der Züricher Theologe im fingierten Dialog Christum selbst gegenüber, um den Irrenden mit herzlichen Worten duldender Milde von den innerlichen Widersprüchen und Inconsequenzen seiner Lehre zu überzeugen und liebevoll zum Glauben an die endlich erkannte Wahrheit zu führen.

Um die Last seiner Correspondenz sich zu erleichtern, ließ Lavater 1790 einen Teil derselben, seine „Antworten auf wichtige und würdige Fragen und Briefe weiser und guter Menschen", unter der Form einer Monatsschrift zu Berlin im Druck erscheinen (zwei Bände zu je sechs Stücken). Als Lehrer und Berater der Gewissen trat er hier fast durchgängig auf. Nur selten gab er directen Aufschluß über sein persönliches Leben und Handeln. Meistens verbreitete er sich über die wichtigsten und über die vieldeutigsten Sätze des christlichen Glaubens oder er ließ seiner reichen Kenntnis der Welt und der gesellschaftlichen Verhältnisse allgemein moralische Urteile und Ratschläge entlocken. Die einzelnen „Antworten" waren verschieden an Umfang, an Inhalt und Wert, in der stilistischen Form wie in der Tendenz ziemlich gleich. Ungemildert waltete in allen derselbe sittlichreligiöse Ernst.

Um dieselbe Zeit übersetzte Lavater aus dem Französischen fünf Gespräche von der erschaffenen Natur, welche ihm unter dem Titel „der Blinde vom Berg" ein Freund mitgeteilt hatte, und ließ sie zusammen mit drei schon 1787 ausgearbeiteten, angeblich von einem andern Freund verfaßten Gesprächen über Wahrheit und Irrtum, Sein und Schein als „philosophische Unterhaltungen von einem französischen und schweizer'schen Verfasser" (1791) in geringer Anzahl drucken.

Auch nicht für das große Publicum bestimmt, doch auf

weitere Kreise berechnet war die „Handbibliothek für Freunde", welche er 1790 begründete und bis in den Februar 1794 regelmäßig fortführte (vier Jahrgänge, jeder in sechs Bändchen). Obwohl er sich mit diesem Unternehmen nur an seine Freunde wandte, gestand er selbst, daß er sich freue, unter den Teilnehmern scharfe Kritiker angetroffen zu haben. Denn seine einzige Absicht sei, „allen Lesern damit recht wohl zu machen". Zu dem Behufe suchte er allerlei Ganzes und Halbes, Fertiges und Unfertiges aus seiner Brief- und Arbeitstasche zusammen, Gelegenheitsgedichte, geistliche Lieder, Cantaten, Aufsätze und Predigten oder Bruchstücke von beiden, kleine biblische Geschichten und Anekdoten, Briefe und Auszüge aus Briefen, Stellen aus seinem Tagebuch, vermischte Gedanken, Regeln und Sinnsprüche in Prosa oder in Versen, Fragmente oder Excerpte aus den Büchern, die er las. Ernst und lehrhaft war auch hier wieder alles, was er bot, das meiste von religiösem Geiste durchdrungen. Einiges steuerten die Freunde bei. Nicht selten brachte Lavater bloß ältere Manuscripte zum Abdruck. So hatte er das „Taschenbüchlein für liebe Reisende" (im zweiten Bändchen der „Handbibliothek") schon 1787 geschrieben und nur zum Zweck der Herausgabe im letzten Sommer beträchtlich vermehrt. Manchen Vers oder Spruch entlehnte er seiner sogenannten „Gedankenbibliothek". Seit einigen Jahren hatte er diese aus alphabetisch geordneten Zettelchen angelegt, indem er jeden Gedanken, der ihm zu Hause, auf Spaziergängen, in weniger anregenden Sitzungen einfiel, in hexametrischer Form aufzeichnete. Gegen sechzig Quartbände brachte er auf diese Weise allmählich zusammen, vielleicht das originellste Zeugnis, wie unablässig er seinen Geist beschäftigte.

Den Anfang der „Handbibliothek" bildete ein größeres Gedicht in sechs Gesängen, „das menschliche Herz". Lavater hatte es bereits 1788 verfaßt. Prinz Eduard von England nämlich, der ihn das Jahr zuvor in Zürich besuchte, hatte ihn gebeten, etwas über dieses Thema für seine Mutter, die Königin Charlotte, zu schreiben. Das Gedicht betrachtete Lavater selbst als „das liebste seiner Werke, ein Schoßkind seines Herzens". Unter dem Beistand seiner Freunde feilte er noch in den folgenden Jahren sorgfältig an demselben. Erst 1798 gab er es verbessert in den allgemeinen Buchhandel. Mit der ganzen Inbrunst seiner Seele, die sich äußerlich in der Form der Anrufung beständig offenbarte, besang Lavater das menschliche Herz, aber nur von seiner guten Seite. Den trocknen Verstandeston des eigentlichen Lehrgedichtes schlug er selten oder nie an; seine Aufgabe, vor deren Größe er wiederholt in bewundernder Ohnmacht verstummen zu müssen meinte, hatte sein persönliches Empfinden allzu mächtig ergriffen. Von Gesang zu Gesang wuchs seine Leidenschaft, bis sie zuletzt zur hellen Glut religiöser Begeisterung auflohderte. Aber aller Enthusiasmus und alles Pathos vermochte nicht den völligen Mangel an poetischer Anschauung und Gestaltungskraft, an Handlung und Entwicklung zu ersetzen. Der Dichter blieb von Anfang bis zu Ende in bloßer Schilderung befangen. Auch die metrischrhythmische Form, so einfach er sie sich wählte (reimlose fünffüßige Jamben), behandelte er ziemlich oberflächlich und lax.

Zu demselben Versmaß wandte sich Lavater wieder, als er im September 1793 sein letztes episches Gedicht, „Joseph von Arimathäa", verfaßte, welches das Jahr darauf zu Hamburg im Druck erschien. Aber er war auch jetzt im Gebrauch dieses Metrums nicht sicherer und correcter geworden. Nicht minder zum Tadel forderte die eigentümliche Wahl des Gegenstandes heraus. Die kleine biblische Episode, wie sich Joseph den Leichnam Jesu von Pilatus erbittet und im eignen Grabe bestattet, war zum Ziel- und Angelpunkt eines Gedichtes von sieben Gesängen geworden, welches die ganze Passion Christi, aber wie sie sich in ihrer Wirkung auf Joseph widerspiegelte, zum Inhalt hatte. Lavater war durch seine Vorliebe für schöne, ruhige Leichen auf dieses Thema gebracht worden. So suchte er sich das Empfinden Josephs und seiner Freunde, als ihnen die schönste und heiligste aller Leichen geschenkt wurde, lebhaft zu vergegenwärtigen und mit poetischer Wärme in seinen mannigfaltigen Kundgebungen tief und wahr darzustellen. Das Ganze rundete sich so zu einer breit ausgesponnenen Idylle ab, in welcher dem erbaulichen Moment mindestens eben so viel Bedeutung zugestanden war als dem künstlerischen. Die Armut an Handlung strebte Lavater zu verdecken, indem er mit geschäftiger Phantasie verschiedene Nebenfiguren und anmutige Scenen im Geiste des letzten Capitels vom Evangelium Johannis erfand.

Dieselbe Freiheit der Erdichtung, welche er hier als Poet bei der epischen Darstellung des Begräbnisses Christi walten ließ, nahm Lavater nun auch in Anspruch, als er ziemlich gleichzeitig unmittelbar zum Zweck religiöser Erbauung in Prosa über des Heilands Leben und Lehre schrieb. Er gieng von der Annahme aus, daß der Erlöser noch viele Sentenzen ausgesprochen habe, welche von den Evangelisten nicht aufgezeichnet worden sind. In dieser Voraussetzung stellte er 1792 derartige „Worte Jesu" zusammen, welche der Herr möglicherweise gesagt haben könnte. Zum Teil atmen auch Lavaters Aphorismen den Geist Christi, wie er namentlich aus dem Evangelium Johannis uns anweht. Oft aber können sie nur als weise und liebenswürdige Lehren einer allgemeinen Moral und Humanität gelten, und kaum jemals sind sie von der lebendigen Kraft der echten Worte Jesu durchdrungen. 1795 verfaßte er in derselben Weise „vermischte Erzählungen eines christlichen Dichters von Jesu Christo", worin er fingierte Geschichten und Aeußerungen aus dem Leben des Heilands mitteilte. Noch im Mai 1800 schrieb er so „Privatbriefe von Saulus und Paulus". Sie erschienen unter dem Pseudonym „Nathaliom a Sacra Rupe" 1801 zu Winterthur. Der Stil, wenn gleich mit vielem Geschick dem biblischen Ausdruck nachgebildet, verriet doch sofort Lavaters Autorschaft. In die Stimmung des Apostels vermochte sich der Verfasser zwar meistens zu versetzen und die vorgeblichen Briefe desselben mit charakteristischen Zügen auszustatten; allein das rechte historische Colorit fehlte, und hin und wieder zeigten sich Spuren eines durchaus modernen Geistes.

Was Lavater hier scheinen wollte, bloßer Herausgeber, das war er bei dem Sammelwerk, welches er nach dem Tode seines langjährigen treuen Freundes und Berufsgenossen Pfenninger (11. September 1792) begann, um durch den Ertrag desselben der mittellosen, zahlreichen Familie des Verstorbenen aufzuhelfen. Er veröffentlichte 1792—1793 in sechs Heften „etwas über Pfenninger", eine Reihe von Aufsätzen und Briefen verschiedener Freunde und Freundinnen über den Verewigten. Auch einige Bruchstücke aus Predigten und Briefen Pfenningers streute Lavater dazwischen. Er selbst steuerte namentlich einen kurzen Lebensabriß und eine ausführlichere, liebevolle Charakteristik des heimgegangenen Amts= und Herzensbruders bei.

Noch in demselben Jahre, bevor er die „Handbibliothek" abgeschlossen hatte, unternahm er die Herausgabe einer populär=asketischen Wochenschrift, des „christlichen Sonntags=

blattes" (1792—1793). Wiederum sammelte er hier verschiedene, jedoch durchweg der religiösen Erbauung dienende Aufsätze, Auszüge aus Predigten und Briefen, kleine Gedichte, ausgeführte oder unausgeführte einzelne Gedanken. Auch der Charakter der späteren Zeitschriften, die er begründete, blieb der nämliche. Gewissermaßen als Fortsetzung der „Handbibliothek" kam 1794 das „Monatblatt für Freunde" heraus. An die Stelle des „Sonntagsblattes" trat zur gleichen Zeit die „christliche Monatschrift für Ungelehrte" (vier Bände, 1794—1795). Bereits unter dem Einfluß der revolutionären Bewegung gab Lavater 1798 das „christliche Wochenblatt für die gegenwärtige Zeit" heraus.

Wie sehr er aber auch gerade in diesen Jahren als Erbauungsschriftsteller tätig war, so blieb er sich doch stets gleich in seiner Toleranz und Achtung für anders geartete, wenn nur ernste und edle Bestrebungen des menschlichen Geistes. Als Fichte zum zweiten Male (seit dem Juni 1793) in Zürich weilte, verkehrte er viel mit Lavater und hielt auf dessen Wunsch in dessen Hause, bevor er um Ostern 1794 an die Universität Jena übersiedelte, Privatvorlesungen über die Kantische Philosophie, aus denen allmählich seine „Wissenschaftslehre" hervorwuchs. Dankbar erkannte Lavater privatim und öffentlich an, daß er von dem „schärfsten Denker" ebenfalls „heller, schärfer und tiefer denken" gelernt hatte. Aber zugleich bekannte er freimütig, er habe Fichtes Lectionen nicht ganz verstanden. Jedenfalls ward die Richtung seines Geistes dadurch nicht im mindesten verändert. Auch der Charakter der Schriften, die er veröffentlichte, blieb nach wie vor im Grunde derselbe.

Anfangs 1794 gab er „vierundzwanzig kurze Vorlesungen über die Geschichte Josephs, des Sohnes Israels" heraus, die er der Gräfin Augusta Bernstorff-Stolberg in Kopenhagen widmete. Sie waren schon 1789 entstanden, eine bloße Paraphrase der biblischen Historie mit spärlichen homiletischen Bemerkungen und mehreren geistlichen Gesängen meist in Hexametern. 1793 hatte er „Regeln für Kinder" geschrieben, welche wiederholt aufgelegt wurden. Im Sommer 1794 während eines Landaufenthaltes am Züricher See verfaßte er im Geist und Ton der „unphysiognomischen Regeln" eine Sammlung von tausend Sprüchen geistlicher und weltlicher Weisheit, welche im Juni 1795 unter dem Titel „Anacharsis oder vermischte Gedanken und freundschaftliche Räte" in zwei

Sedezbändchen erschienen. In dieselbe Klasse gehörte das auf ähnliche Weise entstandene „Geschenkchen an Freunde oder hundert vermischte Gedanken" (1796), ebenfalls aus dem Schatze echter, selbsterprobter Lebensweisheit geschöpft. Die (zweiundfünfzig) „freundschaftlichen Briefe" an verschiedene, von Lavater zwar nicht genannte, aber bestimmt in's Auge gefaßte Personen (Juni und Juli 1796) haben den nämlichen Charakter. Für seine Tochter Anna Luise schrieb er zum Anfang des Jahres 1796 (siebenhundert) „vermischte Lehren", jede in einen Hexameter kurz gefaßt, zusammen. Um sie auf ihren ersten Gang zum heiligen Abendmahl vorzubereiten, zeichnete er für sie in der Charwoche desselben Jahres eine Anzahl von Sprüchen auf, welche ihm die Zärtlichkeit des Vaterherzens in Gemeinschaft mit der Innigkeit seines christlichen Glaubens eingab. Endlich teilte er 1796 Stücke aus seinem Tagebuch von den letzten Monaten als „Vermächtnis an seine Freunde" mit. Im Vorgefühl seines nahen Todes betrachtete er die beiden Bändchen als das letzte, was er unmittelbar für seine Freunde schrieb. Und in der Tat, was er von nun an veröffentlichte, wandte sich nicht mehr speciell oder zunächst an seine Freunde, sondern an das durch politische Wirren aufgeregte Schweizer Volk.

Mit Wonne hatte der Dichter der „Schweizerlieder" den Ausbruch der französischen Revolution als den Beginn einer neuen Völkerfreiheit begrüßt. Aber schon die Ereignisse des Jahres 1792 stimmten ihn vollständig um. In Wort und Schrift, durch Predigten, Gedichte, Briefe und Aufsätze der „Handbibliothek" trat er gegen die Greueltaten der Pariser Schreckensmänner auf, deren Revolutionstaumel auch in der Schweiz viele Gemüter zu erfassen drohte. Lavater wollte die wirklichen Errungenschaften des Freiheitskampfes nicht aufgeben; er wollte dem Bürger und dem Bauern alles das zugestanden wissen, was Recht und Billigkeit ihm zuerkannte. Aber vor allem lag ihm an einer friedlichen Entwicklung des neuen Zustandes aus den alten Verhältnissen auf gesetzmäßigem Wege. Vermittelnd und zur Milde und Ordnung mahnend stand er daher zwischen den Parteien, als 1795 auch im Canton Zürich Unruhen ausbrachen. Seinem unermüdlichen und unerschrocken-selbstlosen Eifer war es hauptsächlich mit zu danken, daß die rasch bewältigten Aufrührer nicht am Leben gestraft und so ein neuer, schlimmerer Aufstand vermieden wurde. Und als nun doch 1798 der Umsturz der Verfassung erfolgte und zugleich die Franzosen in die Schweiz eindrangen, ließ Lavater den Mut keinen Augenblick sinken. Jetzt offenbarte sich erst recht die Energie seines Handelns. Eine unerschwingliche Contribution war der Regierung auferlegt; Lavater rastete nicht, bis er eine Subscription freiwilliger Beiträge unter allen Bürgern der Stadt zu Stande gebracht hatte. Gegen die Aufhebung der Zehnten und Grundzinse erhob er nachdrücklichen Protest. Ja er trat mit unvergleichlicher Kühnheit den französischen Unterdrückern seines Landes in voller Person entgegen. Am 10. Mai 1798 faßte er in dem „Wort eines freien Schweizers an die große Nation" alle Anklagen zusammen, die er als Patriot und Diener der Wahrheit gegen die Franzosen erheben konnte, und sandte sie entschlossenen Mutes an den Direktor Rewbell. Nach Ablauf eines Monates erhielt er eine aus Sophismen zusammengesetzte officielle Antwort aus dem Directorium. Doch damit gab er sich nicht zufrieden. Er erneuerte vielmehr seinen Protest in derselben diplomatisch-bescheidenen, aber unzweifelhaft bestimmten Weise. Er bereitete sogar noch eine rückhaltlosere Mahnrede an die französische Nation in kühnerer und schärferer Sprache vor; dieselbe blieb aber Fragment. Dagegen wurde ohne sein Zutun seine erste Beschwerdeschrift und die Antwort des Directoriums mehrfach gedruckt, und nur durch das besondere Wohlwollen eines einflußreichen Mitgliedes der Regierung entgieng Lavater glücklich den Verlegenheiten, die ihm der auch sonst von ihm gereizte französische Obergeneral in der Schweiz, Schauenburg, deßwegen bereitete.

An der welthistorischen Bedeutung der Revolution machten Lavater diese persönlichen Unbilden nicht irre. Im ganzen betrachtete er die neue Ordnung der Dinge doch mit dem Auge eines gemäßigten Optimisten. In diesem Sinne hielt er am 25. April 1799 in der helvetisch-literarischen Gesellschaft zu Zürich eine Vorlesung über die Vorteile, welche Moral und Religion davon zu hoffen hätten. Zu einem zweiten Vortrag, der die Nachteile der politischen Umwälzung schildern sollte, kam er nicht, da die Gesellschaft schon im Mai aufgelöst wurde. Unvollendet blieb auch eine andere, größer angelegte Arbeit, zu welcher der Umschwung in den staatlichen Verhältnissen der Schweiz ihn angeregt hatte. Unter dem Titel „Moses und Aaron oder Versuch einer hinlänglichen Sönderung und Vereinigung der Rechte und Zwecke des Staats und der Kirche, zum unmittelbaren praktischen Gebrauche für die Eine und unteilbare helvetische Republik" begann Lavater im October 1798 nach Anleitung der biblischen Urkunden „menschliche Gesellschaft, Politik, Moral, Religion, Christentum, Kirche, Staat" in ihrem geschichtlichen Werden darzustellen und nach ihrem begrifflichen Wesen zu untersuchen. Erst aus der schärfsten kritischen Trennung der einzelnen Kategorien von einander wollte er zur innigsten Verbindung ihrer aller gelangen. Die religiöse Grundanschauung des Verfassers verleugnete sich hier eben so wenig wie in seinen sonstigen wissenschaftlichen und schriftstellerischen Arbeiten. Aber nicht minder gab auch dieser Aufsatz wieder Zeugnis, wie sehr Lavater unbedingte und allseitige Toleranz jeder Glaubensmeinung und jedes kirchlichen Bekenntnisses wünschte und erstrebte. Durchweg gieng er in seiner Schrift von einfachen Grundsätzen aus, ohne sich in den Bann einer philosophischen Schule zu begeben. Und ebenso strebte er hier auch im stilistischen Ausdruck erfolgreich nach möglichster Popularität und Gemeinverständlichkeit.

In dieser wissenschaftlichen Tätigkeit wurde Lavater durch den überhand nehmenden Terrorismus der republicanischen Regierung unterbrochen. Auf's höchste erregte und empörte ihn die widerrechtliche Deportation der angesehensten ehemaligen Mitglieder des Rates von Zürich (seit dem 2. April 1799). Unabläſsig und furchtlos kämpfte er dagegen mit Wort und Tat, im Gespräch, auf der Kanzel, durch Briefe und Eingaben an die Regierung. Jede Warnung war vergebens. Anfangs schien das helvetische Directorium ihn mit Nachsicht zu behandeln. Einige Wochen darauf aber, am Morgen des 16. Mai, als er eben zum Gebrauch einer Badecur gegen heftigen Rheumatismus in Baden angelangt war, wurde auch er, nachdem man ihm seine sämmtlichen Papiere weggenommen oder versiegelt hatte, unter militärischer Escorte nach Basel deportiert. Die Haft wurde ihm durch die Milde des dortigen Regierungsstatthalters so leicht als möglich gemacht. Seine Familie, seine Freunde und seine Gemeinde verwandten sich dringend für seine Loslassung; zwei Verhöre erwiesen seine Unschuld. So wurde er am 10. Juni 1799 wieder in Freiheit gesetzt. Aber indessen war die Schweiz zum Schauplatz des französischösterreichisch-russischen Krieges geworden. Dies verhinderte die augenblickliche Rückkehr nach Zürich. Endlich kam Lavater nach manchen abenteuerlichen Kreuz- und Querzügen am 16. August in der Heimat an. Bald darauf, am 26. September, als Massena nach der zweiten Schlacht von Zürich die Stadt einnahm, traf ihn die tödliche Kugel. Von einem französischen Soldaten, den er einige Minuten zuvor mit Speise und Trank erquickt hatte, wurde er dicht unter der Brust schwer verletzt.

Die Schmerzen der Wunde konnten so wenig wie die trüben Erfahrungen des letzten Frühjahrs seinen Mut einschüchtern. In einem furchtlos kühnen Schreiben warnte er das helvetische Directorium vor neuen Gewalttaten, und schon begann er als ein „Rufender in der Wüste" seine Stimme wieder laut und öffentlich gegen die Uebergriffe jener Regierung zu erheben, als der Sturz derselben (am 7. Januar 1800) die Hoffnung auf eine bessere Zukunft neuerdings anfachte. Mit gewissenhafter Sorgfalt schilderte er die Geschichte seines Exils auf's ausführlichste in den „freimütigen Briefen über das Deportationswesen und seine eigne Deportation nach Basel" (zwei Bände, 1800 1801). Er wollte sie ursprünglich dem helvetischen Directorium zueignen, gegen welches diese Briefe eine ununterbrochene, rücksichtslose Anklage bildeten. Nach dessen Sturz widmete er, um auch für seine Person gegen „jede Art des Rückfalls in den Terrorismus" zu wirken, den ersten Band, der allein noch vor seinem Tode erschien, dem neu errichteten helvetischen Vollziehungsausschusse, sodann allen Freunden und Feinden der Freiheit und der Menschenrechte. Von seiner unermüdlichen Tätigkeit auch während der Krankheit gab unter anderm ein Gebetbuch, das er 1800 verfaßte, Zeugnis.

Kaum hatte er sich im December 1799 etwas besser gefühlt, als er den Pflichten seines Berufes wieder in ihrem vollen Umfang oblag. Aber schon Ende Januars verboten es ihm seine neuerdings zunehmenden Leiden. Um jedoch im Zusammenhang mit seiner Gemeinde zu bleiben, verfaßte er regelmäßig für die Sonn- und Festtage einen kurzen Aufsatz, den seine Amtsbrüder auf der Kanzel ablasen. Umsonst brauchte er im Mai und Juni die Bäder von Baden und Schinznach. Für den Sommer bezog er das Landhaus eines Freundes zu Erlenbach bei Zürich. Hier verlebte er trotz aller körperlichen Schmerzen mehrere heitere Wochen. Erst im September trieb ihn die Sehnsucht nach seiner Gemeinde in die Stadt zurück. Nach unsäglichem Leiden, das gleichwohl die Klarheit seines bis zum letzten Augenblick ungemein regen Geistes nicht zu trüben vermochte, starb er am Nachmittag des 2. Januar 1801 in den Armen der Seinen. Kaum drei Wochen zuvor hatte er seine letzten Wünsche und Hoffnungen als Gruß beim Anfang des neuen Jahrhunderts seiner Vaterstadt zugesungen. Sein Tod erregte weit über Zürichs Grenzen hinaus schmerzliche Teilnahme. Seiner Leiche gaben (am 5. Januar) auch die französischen Truppen, die in der Stadt lagen, das Geleite.

Aus seinem Nachlaß wurden verschiedene Schriftchen für seine Freunde an's Licht gezogen. Dasjenige Werk zwar, das er auf dem Totenbette als seinen „Schwanengesang" entwarf, „letzte Gedanken des Scheidenden über Jesus von Nazareth", war allzu wenig über die ersten aphoristischen Anfänge hinausgediehen, als daß es die Herausgabe zu ertragen schien. Dagegen teilte alsbald Lavaters Tochtermann Georg Geßner zahlreiche Gedichte, Predigten, religiöse, politische und physiognomische Briefe und Aufsätze des Verstorbenen in fünf Bänden seiner „nachgelassenen Schriften" (Zürich 1801–1802) mit.

Namentlich zwei religiöse Arbeiten waren darunter bedeutend. Die eine, fünfzehn „Briefe über die Schriftlehre von unsrer Versöhnung mit Gott durch Christum", war schon 1793 entstanden. Lavater erörterte darin ausführlich seine Ansicht von dem Erlösungstode des Heilands, die er bereits anderweitig in ähnlicher Weise angedeutet oder ausgesprochen hatte. Er faßte den Begriff des Opfertodes wörtlich: wie das Opfer den Juden entsündigte, d. h. als ein Entgelt für sein durch die Sünde verfallenes Leben ihn von seinem eignen Tode befreite, so erlöst uns Christi Sterben von unserem Tode. Etwas eigentümlich spielte jedoch in diese streng schriftgemäße Anschauung ein anderer Gedanke herein, der für den bibelgläubigen Theologen fast allzu stark auf die menschliche Natur des Gottessohnes Bedacht nahm. Nach Lavaters Darlegung „vervollkommnete" sich nämlich Jesus selbst erst durch sein Leiden und Sterben zum Retter, Entsündiger, Mittler und Versöhner der Menschen. Denn als der Mensch, der selbst am meisten und am freiwilligsten gelitten hat, wird er nun erst am fähigsten, das Leiden der Mitmenschen zu empfinden und zu heilen. Auf den innigen Verkehr des

Gläubigen mit der Person des Erlösers, den besonders die letzten Capitel dieses Aufsatzes predigten, wies nicht minder die andere, im März 1798 abgeschlossene Abhandlung hin, „Jesus Christus stets derselbe, nicht beschränkt durch Zeit und Raum, nicht durch die Unwürdigkeit der Glaubenden an ihn, oder neue Ausgabe des alten Evangeliums für echtgläubige Christen".

Von den übrigen Schriften, die Geßner aus dem Nachlaß zum ersten Male veröffentlichte, erheischen die Briefe an die Kaiserin Maria Feodorowna von Rußland über den Zustand der Seele nach dem Tode (seit dem August 1798) ein gewisses Interesse. Sie wurden 1858 noch besonders zu St. Petersburg herausgegeben. In anderer Form wiederholten sie das Wichtigste von dem, was Lavater dreißig Jahre zuvor breiter in den „Aussichten in die Ewigkeit" behandelt hatte. Daran reihten sich einige erdichtete Schreiben von Seligen an hinterbliebene Freunde, in Prosa. Auch sie waren wieder inhaltlich grundverschieden von den poetischen Versuchen Wielands und seiner Vorgänger auf diesem Gebiete. Charakteristisch dafür, wie trüb dem sittlich und religiös prüfenden Blicke Lavaters in seinen letzten Jahren die Gegenwart sowie die nächste Zukunft bisweilen erschien, war seine öffentliche Vorlesung vom 11. September 1797 „mein Traum von den Heiligen Felix und Regula". Zürich, bisher ein Beispiel des Glaubens, mußte er nun eine Stätte des Unglaubens schelten, von wo Helfer des Antichrists ausgehen würden. Ueberhaupt und überall vermißte er die „sichern, festen, allumfassenden, auf jeden Fall leicht und ohne Ausnahme oder Wanken anwendbaren Grundsätze". Doch verließ ihn die Hoffnung auf den Sieg des Guten nicht. Er vertraute, daß durch das Bemühen der Redlichen aus den Wirren eine „allein wahr-reformierte" Kirche erstehen werde, von allen, die sich jetzt so nennen, durchaus verschieden. Die nämliche, trotz allem Jammer der Gegenwart vertrauensvolle, ja hoffnungsfreudige Stimmung zeigten seine spätesten Gedichte.

Und so bewährte er sich bis zum letzten Augenblick und auch noch in den Schriften, die erst nach seinem Tode unter das Publicum traten, als der zwar selten irrtumsfreie, aber immer treue und unermüdliche Mahner und Berater, Warner und Tröster, Lehrer und herzliche Freund aller, die auf ihn hörten.

Register.

Armbruster 44.
Bahrdt 11. 57.
Basedow 24. 29. 37.
Bernstorff, Graf 54.
Bernstorff-Stolberg, Gräfin
 Augusta 61.
Biester 42.
Bodemann 3.
Bodmer 8 f. 18. 33. 43. 46.
Bonnet 22 f.
Breitinger (1575—1645) 25.
Breitinger (1701—1776) 8 f.
 13. 33.
Bremer Beiträger 45.
Brockes 17.
Cagliostro 39. 42.
Campe 40.
Carus 36.
Charlotte, Königin von England 58.
Chodowiecki 30. 47.
Cramer 16. 20.
Crugot 11.
Ebert 11.
Eduard, Prinz von England 58.
Ernesti 10.
Escher, Regula, vgl. Lavater.
Fichte 61.
Friedrich, Erbprinz von Anhalt-Dessau 56.
Füeßli, Heinrich 8—11.
Füeßli, Johann Heinrich 18.
Gärtner 11.
Gall 36.
Garve 40.
Gaßner 39.
Gellert 10. 16 f.
Gerhard 17.
Geßner, Georg 3. 5. 36. 66 f.
Geßner, Salomon 33.
Gleim 10 f. 19.
Goethe 7. 13. 29. 32. 34 f. 45. 47. 52 f. 55.
Grebel 9.

Haller 33.
Hamann 35. 51.
Heinrich XLIII., Graf von
 Reuß 39.
Herbst 3.
Herder 31. 35. 55.
Heß, Felix 8. 10 f. 21. 25.
Heß, Heinrich 8. 12.
Heß, Jakob 8. 18. 37. 41.
Hottinger 37. 40 f.
Iselin 29.
Jerusalem 11.
Joseph II., deutscher Kaiser 54.
Jung-Stilling 29.
Kästner 11.
Kant 61.
Karl August, Herzog von
 Sachsen-Weimar 55.
Karl Friedrich, Markgraf zu
 Baden 30.
Kaufmann 37.
Klettenberg, Fräulein v. 29.
Klinger 35.
Klopstock 11. 16. 18. 22. 33. 43. 45—48. 50. 55.
Knigge 55.
Lavater, Anna, geb. Schinz,
 Lavaters Gattin 12. 40.
Lavater, Anna Luise, seine
 Tochter 62.
Lavater, Heinrich, sein Sohn
 44. 54. 56.
Lavater, Johann Heinrich,
 sein Vater 7. 11.
Lavater, Regula, geb. Escher,
 seine Mutter 7 f.
Lenz 29.
Lessing 41.
Lichtenberg 23. 35. 37.
Lips 30.
Luise, Herzogin von Sachsen-Weimar 30.
Luther 38.
Maria Feodorowna, Kaiserin von Rußland 67.
Massena 65.

Meiners 42.
Mendelssohn 10. 23. 33. 35. 53.
Merck 29.
Mesmer 39. 42.
Michaelis 11.
Milton 43. 47.
Möritofer 4 f.
Moser 11. 29.
Musäus 35.
Nicolai 42.
Oeser 10.
Pfeffel 29.
Pfenninger 41. 60.
Planta 19.
Ramler 10.
Reich 30.
Reinhold 55.
Resewitz 24.
Rewbell 63.
Rinderknecht, Katharina 40.
Rowe, Elisabeth 44.
Sack 10.
Schauenburg 63.
Schinz, Anna vgl. Lavater.
Schwindel 45.
Semler 39. 41 f.
Spalding 9 ff. 13. 40.
Steinbart 41 f.
Steinbrüchel 40.
Steiner 30.
Stolberg, Fritz 42.
Sulzer 10. 33.
Swedenborg 39.
Teller 41.
Tobler 18. 37.
Tscharner 20.
Weidmann 30.
Weiße 10.
Wieland 8. 35. 44. 46. 55. 67.
Winckelmann 31.
Wirz 25.
Zachariä 11.
Zimmermann 20 ff. 27. 29 f. 33. 35.
Zollikofer 10. 25 f. 54.